光弥&炎龍
「月下の龍に誓え」

「気に入らないな」

さんざんねぶっておきながら、
やがてボソリと炎龍は呟く。

半分霞む意識の下で、
光弥は答えを求めて瞳を開いた。

「何……」

「おまえの血を、
あんな男の好きにさせたとは」

「…………」

「おまえは、私のためだけに血を流せ」

（本文P127より）

Chara

# 月下の龍に誓え

神奈木 智

キャラ文庫

この作品はフィクションです。
実在の人物・団体・事件などにはいっさい関係ありません。

目次

口絵・本文イラスト／円屋榎英

# 1

「まったく……西願《せいがん》家も舐《な》められたものだ」

人気《ひとけ》のない船上のサンデッキに出た西願光弥《みつや》は、温《ぬる》い潮風に頬《ほお》を撫《な》でられた瞬間、それまで堪《こら》えていた溜《た》め息《いき》をゆっくりと吐き出す。

澄み切った晴天の下、目の前には六月の陽光を煌《きらめ》かせた海原が気持ちよく凪《な》いでいた。こういうのを、絶好の海日和《うみびより》というのだろう。だが、今の光弥には生憎《あいにく》と短い航海を楽しむような気分は欠片《かけら》も持てなかった。

「ここが海の上でなかったら、とっくに屋敷へ引き返してやるのに」

悔しげに唇を嚙《か》み、穏やかな水面を恨めしく見つめる。

大体、初めから嫌な予感はしていたのだ。本日は簡単な顔見せだから、と言われ、船上には供を一人連れていくことしか許されなかった。しかし、出迎えには誰も来ないし、船が陸を離れても相手の令嬢は一向に現れない。三十分を過ぎた頃には、光弥の忍耐も限界を超えていた。

「まさか、この僕が見合いをすっぽかされるとは」

手摺《てす》りを摑《つか》む手にギュッと力を込め、屈辱に顔が歪《ゆが》む。

格式と血統の良さを誇る西願家は、政財界への深く豊富な人脈を糧《かて》に現在まで財を成してきた一族だ。今年二十歳になる光弥はその三男坊で、大学卒業後は当主代行として采配《さいはい》を振るう兄二人をサポートするのが目下の目標だった。

そんな自分へ、降って湧《わ》いたような見合い話が来たのが一ヶ月前だ。しかも、相手は華僑《かきょう》の新興財閥、羅《ロー》家の娘だった。彼女は光弥より三つ年上で、今はパリへ留学中なのだという。今日の見合いには間に合うように来日すると聞いていたのに、指定された貸し切りのクルーズ客船に彼女はおろか羅家の人間は誰一人姿を見せなかった。

「眞行《しんぎょう》め。事前チェックを怠ったな」

あいつらしくない失態を、とまたもや腹をたてる。

今日のために急いで仕立てさせた灰白色のスーツが、こうなると妙に腹立たしかった。今頃は「化粧室に行く」と言い残してラウンジから姿を消した光弥を、世話係の眞行信敬《のぶたか》が必死に捜していることだろう。普段は眞行を兄のように信頼し、頼っている光弥だったが、今日ばかりは八つ当たりをしたい気分だった。

「横浜《よこはま》港に戻るまで、あと二時間か……」

客船は、中型ながらプレミアムクラスの設備を整えた豪奢《ごうしゃ》なものだ。光弥がいるサンデッキにはプールがあり、白いデッキチェアが優雅に並んでいる。本来なら約三時間かけて横浜港を周回し、沖へ停泊している時間に見合い相手と親交を深める予定だった。

「帰ったら、絶対に破談にしてやる」

思わず吐き捨てた苦々しい一言に、背後からくすりと笑い声がする。

「破談？　それはまた、穏やかでないお話ですね」

「え？」

驚いて振り返った光弥の視界に、背の高い男がこちらへ微笑《ほほえ》みかけているのが映った。

肩につくほどの漆黒の髪と、モデルかと見紛《みまが》う手足の長さ。細身ながら均整の取れた体軀《たいく》を包み込むのは、長袍《チャンパオ》と呼ばれる男性用のチャイナ服だ。龍《りゅう》柄のシルク地で作られた藍《あい》色のロングジャケットの下、白いパンツの裾から覗《のぞ》く尖《とが》ったくるぶしが妙に艶《なま》めかしい。

（な、なんだ、こいつ。いつの間に……）

先刻まで、ここには人などいなかったはずだ。それとも、海風に気配を隠していただけなのだろうか。光弥は咄嗟《とっさ》に警戒し、改めて男をまじまじと観察した。

（羅家の人間……なのか？　初夏なのに、ずいぶん暑苦しい格好だな）

そう毒づいたものの、男の佇《たたず》まいは涼しげで少しも温度差など感じさせない。真っ黒な丸縁サングラスのお陰で顔の造作まではわからなかったが、少なくとも彼が凡百の男とは一線を画す容姿であることは容易に窺《うかが》い知れた。それは、スッと通った鼻梁《びりょう》や理知的な薄い唇、そうして近寄りがたい空気を生み出す柳眉《りゅうび》の動きなどが雄弁に物語っている。

「どうかされましたか?」

国籍不明の男は、流暢《りゅうちょう》な日本語でまたも話しかけてきた。

「さっきから、ずっと私を観察しているでしょう?」

「か、観察だなんて、そんな……」

図星を指されて動揺し、光弥は急いで居住まいを正す。彼が羅家の関係者なら、恐らく令嬢のお付きの者だろう。使用人にしては態度が堂々としすぎている気がするが、こちらが若いので見くびられているのかもしれない。バカにされてなるものか、と生来の勝ち気さが頭をもたげ、光弥は余裕のあるところを見せようとした。

「日本語、お上手ですね。失礼ですが、貴方《あなた》は……」

「しっ!」

「は?」

唐突に言葉を遮《さえぎ》り、男がおもむろに二の腕を摑んでくる。

「辻倒有点麻烦了(ちょっとまずいな)」

「いきなりなんなんですか!　離してください!」

「静かに。このまま私の方へ」

「何の話……」

「急げ!」

頭ごなしに怒鳴られて、光弥は絶句した。生まれてこの方、会って数分の相手から命令されるなんて経験はしたことがない。呆然《ぼうぜん》とする光弥に舌打ちをし、男は半ば強引に摑んだ右手を引き寄せた。勢いで前のめりになり、そのまま彼の腕に抱き止められる。逞《たくま》しい感触に我を取り戻し、光弥は慌てて相手の腕を振り解こうとした。

「死にたいのか?」

離れるのを許さず、男が更に力を込めてくる。

「私から離れれば、おまえは死ぬぞ」

「う、嘘だ……」

「嘘かどうか、すぐにわかる。もっとも、わかった頃にはおまえは血に染まっているがな」

「…………」

「それが嫌なら、しばらくおとなしくしているがいい」

言うが早いか肩を摑まれ、左手で動きを封じられた。抗《あらが》う術《すべ》もなく男の胸へ顔を沈める体勢になり、妖《あや》しい香りがふわりと鼻孔をくすぐる。

(あ……)

チャイナ服に焚《た》きしめられた香は、薄闇《うすやみ》と異国の花の匂《にお》いだった。うっかり惑わされているうちに、光弥の全身から力が抜けていきそうになる。

「貴方は一体……」

何者なんだ、と続けたかったが、目線で「しゃべるな」と制された。

「少し待て。すぐに片付ける」

「片付ける？」

「怖いなら、目を閉じていろ。──リュウト！」

突然、男が宙に向かって鋭く声をかける。何事かと身体を固くした刹那、周囲で短い叫び声や悲鳴が次々とあがった。

（な、なんだよ。何が起きてるんだっ？）

瞬時に空気が緊迫し、のどかだった船上に剣呑《けんのん》な気配が充満する。だが、物の一分もたたないうちに再び周囲は静まり返り、微《かす》かな呻《うめ》き声や身じろぐ気配だけが耳へ入ってきた。

（眞行は……そうだ、眞行は無事なのか？）

急に不安にかられ、光弥は伏せていた顔をのろのろと上げる。同時に、足元から獰猛《どうもう》な獣の唸《うな》り声が聞こえてきた。

「犬……？」

「ウオオオオオ──ッ！」

次の瞬間、怒号を吐いて船室から見知らぬ青年が飛び出してくる。乗員服を着た彼は右手に大きな鉈《なた》を持っており、ギラリと光る豪胆な刃に光弥は恐怖で凍りついた。

「……バカが」

嘲《あざけ》りと共に男が素早く抱いていた左手をかざし、青年の鉈から光弥を庇《かば》う。キン！　と耳障りな音が響き、その腕にまともに刃が振り下ろされた。ざっくりと切れた藍色の生地が、切れ味の鋭さを窺わせる。だが、男は平然としたままあっさりと鉈を振り払った。

「う……腕が……っ……」

「まぁ、見ていろ」

蒼白《そうはく》になる光弥をよそに、男は舌舐《したな》めずりをするように笑んだ。酷薄な横顔にゾッと背筋が寒くなり、それきり何も言えなくなる。

（こいつ……楽しんでいるのか。この状況を……）

信じがたいことだったが、どうやらそれは当たっていたようだ。男は嬉《うれ》しそうに目を細めると、鉈が利かずに動揺している青年へ光弥を抱いたまま一歩近づいた。

「この私に刃を向けたからには、相応の褒美《ほうび》をやらねばな」

「…………」

「少しばかり、遊んでやることにしよう」

そううそぶくと、彼は切り裂かれた左の袖口《そでぐち》へ右手を差し込んだ。すぐに引き出されたその手には、全長二十センチほどの優美な短剣が握られている。

「そんなものを、左手に仕込んで——？」

「これだけではないが、こんな小者には剣一つで充分だ」

鉈の衝撃にも刃こぼれ一つせず、男の短剣は美しい光を含んでいた。刃に五爪《ごづめ》の龍が刻まれた太い刃渡りのその短剣は、芸術品としても十二分に価値があるように思える。そんな武器を隠し持っているなんて、普通の人間ではありえなかった。

「ウワアアアア――ッ」

「離れるなよ」

咆哮《ほうこう》を上げて再び襲いかかる青年を、男は余裕でひらりとかわす。もちろん、光弥を背後に庇いながらだ。

（まさか、この体勢のままで戦う気か……？）

できれば解放してほしかったが、彼が言うように一緒の方が安全かもしれない。光弥は即座に覚悟を決め、「わかった」と返答した。

「でも、早めにケリをつけてくれ。僕は、そう暇じゃないんだ」

「――承知した」

会話の途中で振り下ろされた鉈を、男は笑って短剣で受け止める。振り払い、また刃を交え、そのまま始まった彼らの剣戟《けんげき》を、光弥は圧倒されながら見つめていた。

（なんだか……綺麗《きれい》だ……）

左手で光弥の安全を守っているにも拘《かかわ》らず、男の動きには少しの乱れも遅れもない。相手もなかなかの使い手に見えたが、劣勢なのは明らかだった。

「どうした、動きが鈍ってるぞ？」

「閉嘴（黙れ）！」

大胆に斬《き》り合い、力でせめぎ合い、無駄のない動きで相手を確実に追い詰める。

その計算し尽くされた流れは、まるで優美な舞でも見ているかのようだ。

「リュウト！」

相手が疲れてきた頃を見計らい、男が号令をかける。その直後、黒い固まりが飛び出し、敵の右肩へ鋭い牙《きば》を立てた。

「ぎゃっ！」

叫び声をあげ、相手はたまらず鉈を取り落とす。激痛が戦意を喪失させたのか、青年は肩から大量の血を流しながら倒れ、ひくひくと身悶《みもだ》えた。

「犬が……」

目にした光景が信じられず、光弥は愕然《がくぜん》とする。ひと噛みで仕事を終えたドーベルマンが、澄ましてこちらを見上げていた。周囲を見回してみると、いずれも乗員の格好をした男たちがあちこちで血を流しながら床で呻き、あるいはプールに浮いている。最初の不穏な物音は、ドーベルマンが男たちをなぎ倒していた気配だったのだ。

「油断した。一部、乗員がすり替わっていたようだな」

さして痛手でもなさそうに、短剣を収めた男が呟《つぶや》いた。落ち着き払った様子から察するに、こういう事態もすでに予測していたようだ。仕事を終えたドーベルマンが、とことこと小走りに彼の元へ戻ってきた。

「リュウト、よくやった。怪我《けが》はないか？」

別人のような優しい声に、光弥は別の意味で驚く。この惨状に眉《まゆ》一つ動かさないくせに、犬の前ではまるきり普通の顔をしている。

（僕より先に、犬の心配か……）

よほど、可愛《かわい》がっているのだろう。リュウトと呼ばれたドーベルマンは、頭を撫でられて心地よさげに目を閉じていた。甘えて鼻を鳴らしているところからは、複数の男を血祭りに上げた凶暴さは欠片も見当たらない。

「おまえはどうだ？　仰《おお》せの通り、遊びは程々で切り上げてやったぞ？」

光弥の視線に気づいた男は、ようやくこちらを向いて不遜《ふそん》な口をきいた。光弥は気を取り直し、咎《とが》めるような目つきで見つめ返す。

「一つ尋ねるけど、貴方は犬を保健所へ引き渡したいのか？」

「…………」

「そちらの国ではどうだか知らないが、日本では人間に怪我をさせた動物は保健所へ引き渡されることが多いんだ。そんな運命を、その子に辿《たど》らせるつもりか？」

「保健所……リュウトを？」

ピクリと男の片眉が動き、不快を示すように空気が凍りついた。まるで光弥が保健所へ連れていくとでも思っているような、張り詰めた沈黙が訪れる。

——だが。

「とりあえず、犬をどこかへ隠そう。その子は命の恩人だ。なんとかごまかさないと」

「何……」

ごまかす、という言葉に、男が怪訝《けげん》そうに纏《まと》う空気の種類を変えた。よもや、光弥の口からそんなセリフが飛び出すとは夢にも思わなかったようだ。

「おまえ、リュウトを見逃すつもりか？」

「当たり前だろ。保健所になんか渡せるもんか！」

「…………」

「問題は、この男たちだな。致命傷はないようだけど、噛み傷なのは一目瞭然《いちもくりょうぜん》だし。病院から警察へ通報されたら厄介《やっかい》なことになる。横浜港へ着いたら、貴方と犬はすぐに船を降りた方がいい。こいつらの治療や後のことは、西願家でなんとかする」

てきぱきと光弥が指示を出すと、男は複雑な様子で黙り込んだ。まだ、完全にはこちらを信じ切れていないのが、その態度からもよくわかる。光弥は少し表情を緩めると、犬と彼とを交互に見つめながら言った。

「約束する。僕は、何も見なかったと証言するよ。犬は、ただ命令に従っただけじゃないか。

ただ、今後は人を襲わせるような真似《まね》は絶対にやめた方がいい。その子が可哀想だよ」

「可哀想？」

「それに、貴方は一人でも充分強いみたいだし」

「…………」

男は、心の底から呆《あき》れたようだった。そのあからさまな反応に、そんなに変なことを言ったかと、さすがに光弥はムッとする。

「なんだよ、僕の顔に何かついているのか？　さっさと……」

「辻小子有点意思（面白い奴だ）」

「な……」

小気味良い響きの後でゆっくりとサングラスを外し、男は日本語で言い直した。

「面白い。気に入った」

星のない夜天を閉じ込めた、怜悧《れいり》で猛々《たけだけ》しい瞳。

二つの夜を満たす気高い闇に、光弥は吸い込まれるように言葉を忘れる。

「私は、もう行く」

男の唇が、微かにそう囁《ささや》いた。

「だが、再会はすぐだ。光弥、私の名前を覚えておけ」

「え？」

「私は……」

言いかけた言葉が、途中で止まる。

いつの間にか、新たな男たちがデッキへ集まっていた。五人ほどいる彼らは全員が鋭い眼光と剣呑な表情を持ち、クルーズには不似合いの厳めしい黒のスーツを着用している。光弥は思わず身構えたが、男はやんわりとそれを制した。

「心配するな。彼らは、私の部下だ」

「ぶ……部下？　じゃあ、貴方は羅家の使用人じゃ……」

「使用人？　私が？」

光弥が漏らした一言に、男は愉快そうな顔をする。

「当たり前だろ！」

「まぁ、少なくとも見合い相手ではないな」

「そう怒るな。後始末は、こいつらに任せる。私は、用事ができたので行くとしよう」

「は？」

まるで、近所へ散歩にでも出かけるような口調だ。しかし、ここは海上で横浜港は遥《はる》か先にある。引き止めようとしたが、意地の悪い微笑しか返ってはこなかった。

「リュウト、行くぞ」

男はドーベルマンを呼び寄せ、甲板へ降りていく。その先には、避難用のボートが設置されていた。どうやら、あれに乗り換えて上陸するつもりらしい。

「あ……」

光弥は尚《なお》も何か言おうとしたが、部下の一人に押し留められてしまった。見れば、他の連中はすでに後始末に取りかかっており、床やプールで呻いている連中を担いでは別のボートへと運んでいる。中には抵抗する者もいたが力ずくで黙らせられ、またもや陰惨《いんさん》な臭いがデッキに充満し始めた。

（くそっ。最後の最後まで、向こうのペースか）

取り残された光弥は、優雅に甲板を歩く男を悔しげに見送る。すると、視線に根負けしたのか不意に足を止めて振り返り、彼が「光弥！」と声を張り上げた。

「対《つい》の兄君たちへ、よろしく伝えてくれ」

「え……？」

対の兄君。

その言葉に、おまえは何者なんだと胸で呟く。男は後始末を終えた部下に囲まれ、もう取りつく島もなかった。

（あいつ、兄さんたちを知っているのか……）

兄たちは、西願家を実質動かしている立場の人間だ。よろしく、と気安く語るからには、彼もそれなりの地位にいるのだろう。そうなると、心当たりは一人しかいなかった。

だが、もし彼がその人物だとすれば、そもそもどうして乗船していたのか目的がさっぱりわからない。

(第一、来日しているなんて聞いていないぞ)

半信半疑の光弥を残し、男は部下が操作して下ろしたボートへ乗り込んだ。チェーンに繋《つな》がれた船体はゆっくりと動き出し、船の側面に沿って海上へ近づき始める。待機を命じられていたドーベルマンが、主人に呼ばれて軽やかに駆け出していった。

(結局、何もわからずじまいか)

男の待つボートへ飛び乗ろうと、リュウトが勢いよくジャンプする。

次の瞬間、銃声が空気を切り裂いた。

「リュウト!」

男の顔色が、一瞬で変わる。だが、ボートの動きは止められなかった。身じろぐ彼を部下が諌《いさ》め、こちらへ戻ろうとするのを押し留める。どこから撃たれたのか確認できない場所へ、ボスを行かせるわけにはいかないのだろう。だが、光弥はそんなことを考える余裕もなく、弾《はじ》かれたようにリュウトの元へ駆けつけた。

「よかった、生きてる」

幸い銃弾は肩を掠《かす》めただけらしく、出血はあるものの生命に別状はなさそうだ。発砲は暴漢の一人によるものらしく、すぐさま部下たちに袋《ふくろ》叩《だた》きになっていた。

「大丈夫か……？」

手を出したら、噛まれるだろうか。危ぶみながら、蹲《うずくま》るリュウトへそっと右手を差し出してみる。初めは警戒して低く唸り続けていたが、試しに「リュウト」と呼びかけてみると、急に力尽きたかのようにへたりと床へ伏せた。

「安心しろ。僕がおまえを助けるから。おまえは、命の恩人だ」

囁きながら、触れる程度に何度か頭を撫でる。

今頃、あの男は蒼白になって犬の安否を心配しているに違いなかった。人間を傷つける時は顔色一つ変えないのに、飼い犬にだけは柔らかな瞳で話しかけていたくらいだ。

（おまえ、あの男のなんなんだ……？）

酷薄な眼差しと冷酷な表情を思い出し、光弥は眉間《みけん》へ皺《しわ》を寄せる。

可能ならボートへ移してやりたかったが、部下の誰かが近づくとリュウトはたちまち唸り始め、指一本触れさせようとはしなかった。

この犬は僕が預かる、と北京《ベキン》語で彼らへ伝え、光弥は携帯電話を内ポケットから取り出す。電源を切っていたので当然だが、見ると何件も眞行からの着信が残っていた。

「あの男……僕の名前を知っていたな」

眞行への連絡が済み、携帯電話をしまうと、光弥は独り言を漏らす。

光弥、と呼びかける声を反芻《はんすう》し、ようやく確信が持てた。今日、この場所にいるはずの人間は、自分たちと羅家の者だけだ。

間違いない。

あの男は、羅一族の若き総帥《そうすい》――羅炎龍《イエンロン》だ。


羅家から新たな招待を受けたのは、すっぽかされた見合いから一週間後のことだった。

あの日、駆けつけた眞行に事のあらましを説明し、兄たちへ報告の電話を入れた光弥だったが、どうやら彼らの耳には令嬢の不在がすでに入っていたらしい。「可哀想に。早く帰っておいで」と兄たちは子どもを宥《なだ》めるように口を揃《そろ》え、羅家には釈明を求めると約束してくれた。

その言葉通り、動物病院へリュウトを預けて帰宅したところで羅家の使いから詫《わ》びが入ったが、令嬢の彗端《シュイシエイ》は急に体調を崩して静養中なのだという。

「まぁ、あの説明が本当かどうかは今もって疑わしいよな」

居間のソファで食後酒にブランデーを飲みながら、兄の尋弥《ひろや》が苦笑する。彼の隣で紅茶のカップを傾けていたもう一人の兄、霧弥《きりや》がそれを受けて「まったくだね」と同意した。

「でも、この縁組は羅家から申し込んできたものだ。彼らのマイナスになるような真似は、そうそうしないんじゃないかな？」

「それはそうだろう。たとえ令嬢が仮病だったとしても、次は引きずってでも見合いの席へ連れてくるだろうさ。そうでなきゃ、こちらだって考えがある」

「考えって何なのかな、尋弥？」

「おまえが想像してることと一緒だよ、霧弥」

同じ遺伝子を持つ一卵性双生児の兄たちは、そう言うなりくすくすと笑い出す。なんだか、不測の事態を逆に楽しんでいるようだ。怜悧な頭脳と優美な容姿で経済界はおろか社交界でも人気の二人だったが、末の弟、光弥の前では時々悪戯《いたずら》を企む悪童のような顔になる。

「で、どうする、光弥。ご招待は受けるのかい？」

霧弥が、柔らかな声音で問いかけてきた。

物腰は優しげだが、理知的な微笑の裏では事を思い通りに運ぶ計算が常にされている。

「もちろん、光弥は許してあげるよな？」

続けて、尋弥がにっこりと逃げ場を断った。

大らかな口調だが、闊達《かったつ》な笑顔の下では唯我独尊の王様が隠れている。

「相手は、年上とはいえ女性だ。男らしく懐の深いところを見せてあげないとなぁ」

「尋弥兄さん、でも僕は……」

「あれ、どうしたの、小難しい顔をして。ま、光弥が怒るのは無理ないけどね。でも、これで羅家に貸しができたと思えばむしろラッキーだと思わない？」

「霧弥兄さん……」

かわるがわる説得され、光弥は何も言えなくなってしまう。いずれにせよ、兄たちがこの縁談に乗り気である以上、自分に拒否権などないのだ。両親は今や引退同然で、西願家の手綱を握っているのは彼らなのだから。

（僕だって、西願家の人間に生まれたからには政略結婚も厭《いと》わないつもりだったけど）

でも、とその先を考えて溜め息をつきたくなる。

あの男――炎龍と縁続きになるかと思うと、どうにも見合いは気が進まない。まして、「絶対に破談にしてやる」と吐き捨てたのを彼には聞かれてしまっているのだ。今更、どの面下げて招待を受けたらいいのだろう。

「あれ、浮かない顔だな？　まったく、うちの王子様は繊細で困るよなぁ」

「苛《いじ》めるなよ、尋弥。光弥は、ちゃんとわかっているよ。今度の見合いが、西願家にとっていかに重要かってことは。ね、そうだろう？」

「……もちろんだよ」

にこやかにダメ押しをされ、仕方なく覚悟を決めた。どのみちリュウトを返さなければならないし、見合いの相手は炎龍ではなく、その妹だ。つくづく、自分が男で良かったとその点だけは光弥も胸を撫で下ろしていた。羅家の総帥はまだ独り身という話なので、もし女だったら無理やり彼へ嫁がされていたかもしれない。

「それにしても、羅家ってなんなんだよ？　兄さんたち、何か知ってるんだろ？」

すっかり冷めてしまったコーヒーを使用人に淹《い》れ替えさせ、光弥は身を乗り出す。

船上で襲ってきた暴漢たち、舞うように軽やかに敵を一蹴《いっしゅう》した炎龍。まるでアクション映画の一場面のような出来事のあれこれは、未だに現実に起きたこととは思えなかった。

「何って、華僑の新興財閥だろ。アメリカを拠点に成り上がって、今や総資産数千億と言われている。数年前に後継ぎ問題で長兄がその座を追われ、現在の総帥は妾腹《しょうふく》の次男、弱冠二十八歳の羅炎龍。早い話、彗端嬢の実兄だな」

「彼らはお金はあるけど、歴史が浅くて各界へのコネクションが足りないんだよ。普通、華僑なら横の繋がりが密なはずなんだけど、のし上がる過程でかなり敵を作ったって話だからね。そこで、何のしがらみも持たない日本の旧家へ目をつけた。それが西願家——というわけ」

「それくらいは、僕だって知ってるよ。そうじゃなくて……」

あまりの歯がゆさから、思わず声が逸《はや》る。どういうわけか、兄二人は船上での出来事を話しても大して興味を示さないのだ。

(あの時は僕も半ば呆然としていたし、信じてもらえなかったのかもしれないけど)

だが、日を於《お》いて冷静に説明した後も彼らの態度は変わらなかった。口では「光弥が無事で良かった」と言うが、普通ならもっと大騒ぎになって当然の事件にも拘らず、完全に〝なかったこと〟にされている。それが、光弥には不思議でならなかった。

「もし、光弥が言うように羅炎龍が乗船していたんなら、彼に直接訊《き》けばいいじゃないか」

不本意そうな表情を読んで、尋弥があっさりと結論を出す。

「見合いの非礼を詫びたいと言って、おまえを東京の別邸へ招待したのは羅炎龍本人だ。つまり、彼とは顔を合わせるわけだろう？」

「そうそう。〝あの暴漢たちは何者なんですか〟って、本人に訊けばいいんだ。おまえは巻き添えを食うところだったんだから、それくらい尋ねる権利があると思うなぁ」

「それは……」

不遜な炎龍の顔を思い浮かべ、光弥は胸の辺りに微かな不安を覚えた。

あの男が、こちらの質問に素直に答えるとは思えない。むしろ、危険な香りがする相手へ弟を縁づけようとしている兄たちの方が非道ではないだろうか。

「兄さんたちは、僕の話を信じてないの？　虚言か妄想だとでも思ってる？」

「まさか、そんなことはないよ。ねぇ、尋弥」

「羅家に敵が多いのは、さっき話した通りだ。どこぞで恨みを買って襲撃されても、ありえない話じゃない。そのために、炎龍も護身術を身に付けてるんだろう」

「護身術だって？　そんなものじゃないよ、あれは……」

ムキになって反論しかけ、ハッとして光弥は口をつぐんだ。戦っている炎龍の美しさは、その目で見た者でなければきっと理解できない。

「……わかった」

光弥は、とうとう観念した。これ以上粘ったところで、時間を無駄にするだけだ。兄たちは自分が炎龍の招待を受けるのを願っているし、必要なことは彼へ訊けと言っている。

「眞行は、同行させてもいいんだよね？」

「もちろんだよ。彼は、おまえの世話係なんだから」

「大体、ダメだと言っても、あいつはおまえについていくだろうよ」

兄二人の許しを得て、せめてもの保険に眞行を連れていくことにした。彼は光弥が十六歳の頃から仕えていて、頭も切れるし一通りの武道は嗜《たしな》んでいる。万が一、また何かあった場合でも眞行が側《そば》にいればあの男を頼らずに済むだろう。

「じゃあ、謹んでご招待をお受けします……そう、返事をしておいて」

「了解。いい子だね、おまえは」

「あ、何をしてるんだよ、霧弥。ドサクサに紛れて！」

立ち上がった霧弥が傍《かたわ》らに立ち、小難しい顔の光弥をよしよしと撫でた。すかさず尋弥が反対側に立ち、仔犬《こいぬ》でも扱うようにぎゅっと抱きしめてくる。

（またか……）

八歳年下の末っ子なせいか、兄たちの過剰な愛情表現に光弥は内心ウンザリだ。だが、こちらの気持ちなどお構いなしに彼らは毎度の決まり文句を口にした。

「光弥は、僕たちの大事な宝物だしね」

「絶対、悪いようにはしないからな」

リムジンから降り立った光弥は、目の前の瀟洒《しょうしゃ》な洋館を見上げて口を開いた。

「意外だな。華僑の財閥の別邸というからには、もっと中華風な建物を想像していたのに」

「ええ、完全に英国風ですね。屋根が扁平《へんぺい》型のアーチになっていますし、恐らくはチューダー様式を模したものでしょう」

「あるいは、現地で買い取った屋敷を移したのかもしれない。煉瓦《れんが》のくすみ、扉に嵌《は》め込まれたアンティークのステンドグラス。いずれも一朝一夕であの風格は出ない。何より、都内の一等地にこれだけの敷地を持ち、屋敷を移築する財力は大したものだとは思わないか?」

「まったく光弥様の仰《おっしゃ》る通りです」

隣に立つ眞行は、眼鏡《めがね》越しの瞳を細めて苦笑する。まだ三十そこそこだというのに、その佇まいには老成した貫禄《かんろく》さえ漂うようだ。シックなスーツを理知的に着こなし、鋭い眼差しを不透明な微笑で隠す彼は、光弥の前でだけ柔らかな空気を醸《かも》し出すのだった。

「僭越《せんえつ》ながら」

何がおかしいんだよ、と目で問い詰めると、彼は穏やかな口調で言った。

「光弥様の口ぶりは、まるで品定めに来られたようでしたので」

「品定め……」

「本日の目的は、〝令嬢のお見舞い〟です。それをお忘れになりませんように」

「…………」

釘《くぎ》を刺されるまでもなく、そんなことはよくわかっている。羅家の東京別邸は、西願家には及ばないまでも成金の割に趣味は悪くないと言いたかっただけだ。

「ようこそ、おいでくださいました」

屋敷から出てきた男の使用人が、執事らしき老人の指示でリムジンを別の場所へ誘導する。それを横目で見ながら、眞行はいくぶん声を低めて尋ねてきた。

「光弥様、本当によろしかったのですか」

「何が？」

「先日のご様子では、だいぶ激怒されていましたから。よもや、あのまま縁談を進めるとは思いませんでした。ご承知でしょうが、今なら船上での無礼を口実に断ることができます」

「…………」

「けれど、今日の招待を受けたら後戻りはできません。本当にそれで？」

「くどいぞ、眞行。これは家同士の縁組なんだ。僕の意思なんか関係ないだろ」

半ば自棄《やけ》になって言い放つと、切れ者然とした端整な面差しに軽く懸念の表情が浮かんだ。眞行は世話係であると同時に、光弥の教育を兄たちから任されている。西願家の一員としての自覚を持つよう煩《うるさ》く言ってきたのは他ならぬ彼自身なのに、何故《なぜ》だかこの縁談には乗り気ではないようだ。

「良い機会ですから、一つだけ申し上げておきます」

僅《わず》かに瞳の色を深めると、眞行は横顔を向けたまま口を開いた。

「この先、もし光弥様が破談を考えられた時は、必ず私へご相談ください」

「え？」

「命に代えても、貴方のお味方をしますから」

「眞行……」

命に代えても、というのはずいぶんと大仰な言い草だ。そう光弥は笑い飛ばそうとしたが、あまりに真剣な表情に言葉を飲み込んでしまった。

それに、眞行は口先だけの男ではない。実際、彼が西願家へ雇われたのは身を挺《てい》して光弥を庇った功績を認められたからだし、普段は喜怒哀楽を滅多に表へ出さないのに、光弥を見つめる眼差しにだけは優しい光が宿っている。彼とは四年の付き合いになるが、そのほとんどの時間を共有しているだけに、その忠誠心の深さは疑いようもなかった。

（それだけに、船上で後れを取るなんて眞行らしくもないと思ったんだけど）

その分の負い目があるせいか、この件に関しての彼は珍しいくらい感情的だ。光弥の連絡でサンデッキへ駆けつけた時は気の毒なほど蒼白な顔色をしていて、いつまでも謝罪の言葉を口にし続けていた。炎龍が暴漢と戦った話も、部下がすでに痕跡《こんせき》を綺麗に片付けた後だったにも拘らずすぐに信用してくれたほどだ。

「西願光弥様、どうぞこちらへ」

イギリス人らしき老執事が、品の良いクイーンズイングリッシュで屋敷へと招き入れる。ひとまず雑談を止め、光弥は神妙な面持ちで彼の後に従った。

「わ……」

初夏の陽光が優しく屋敷内へ光を落とし、静まり返った空間が時間の流れを緩やかに感じさせる。それが屋敷自体に刻まれた歴史のためか、現在の持ち主の趣向によるものかはわからなかったが、光弥は心地好い溜め息を漏らした。あの血腥《ちなまぐさ》い船上とは、まるで天国と地獄だ。そのどちらにも存在する羅炎龍という男に、改めて強く興味を惹《ひ》かれた。

「旦那《だんな》様。西願光弥様が見えました」

「辻他进来（入れ）」

長い廊下の突き当たりに、サロンと思《おぼ》しき両開きの扉がある。その前で立ち止まり、老執事は中へ声をかけた。間髪を入れずに北京語で返事があり、光弥の全身に緊張が走る。眞行を廊下に待たせ、一つ深呼吸をしてから扉の向こうへ足を踏み入れた。

「失礼します」

「欢迎欢迎、我就是羅炎龍（ようこそ）」

「あ……」

「よくいらした。私が、羅炎龍だ」

天鵞絨《ビロード》張りの豪奢な長椅子《ながいす》から、ゆっくりと人影が立ち上がる。

中庭に面した窓から逆光を浴び、相手の顔がよく見えずに光弥は反射的に目を細めた。だが、低く張りのある傲慢《ごうまん》な声音は聞き間違えようもない。何より、その足元に寝そべる黒いドーベルマンが彼の正体を裏付けていた。

「リュウト……」

「これは、とんだご挨拶《あいさつ》だな。私より、まず犬の名前が先か？」

思わず口走った一言に、チャイナ服の炎龍がくっくと喉《のど》を震わせる。先日の藍色とは違って、今日は光沢を抑えた紺の生地に同色の糸で円の図案が刺繍《ししゅう》されていた。光弥はすぐさま我に返り、急いで表情を引き締める。ゲストはこちらだというのに、彼の口ぶりは相変わらず偉そうだった。

「どうした、光弥。不可解な顔をして」

「何故、リュウトが……彼は入院させていたはずなのに」

「私の犬を、私がどうしようが勝手だろう？　心配ない、後は時間が解決する。リュウトは、私の側にいることを望んだので連れ帰ったまでだ」

「でも、病院はどうやって……」

「私が誰なのか、名乗った今でもわからないのか？」

勝ち誇ったような言い草に、光弥は呆れて口を閉じる。炎龍は座れ、と顎《あご》で正面の椅子を示し、自身も再び長椅子へ腰を下ろした。無礼な奴だとムッとしたが、いちいち挑発に乗るのも子どもっぽい。光弥は憮然《ぶぜん》とそれに続き、穏やかに目を閉じているリュウトの様子をそっと窺い見た。

「良かった、元気そうで」

「おまえのお陰だ。礼を言う」

「え？」

「あのままデッキに放置されていたら、さすがに命が危なかった」

無意識なのか、リュウトの話題だけは彼も案外素直な口をきくらしい。刃のように鋭かった目の光が、気のせいか少しだけ和らいだように感じた。

「なんだ？　私が礼を言ったらおかしいか？」

早速光弥の表情を読み、炎龍は揶揄《やゆ》するように腕を組んだ。

「光弥、おまえは運の強い奴だ」

「な、なんだよ、いきなり」

「リュウトがおまえに牙を剝《む》かなかったのは、私の移り香のお陰だ。そうでなければ、今頃その綺麗な指は揃っていなかっただろう。くれぐれも、己の手柄だとは思わないことだ」

「移り香……」

そう言われて、抱き締められた時に鼻孔をくすぐった妖しい香りを思い出した。

闇に咲く花を月光に溶かしたような、捉《とら》えどころのない不思議な香り。それは炎龍が夜の生き物であることを示す、象徴的な記号になっている。

「貴方は、何者なんだ？」

気がつけば、自然とそんな問いを口にしていた。

「兄たちは、羅家に恨みを持つ者くらいいるだろう、とにべもなかった。だけど、船で襲ってきた連中は明らかに素人《しろうと》じゃなかったよな？　おまけに、乗員と入れ替わるなんて手の込んだ真似までするなんて絶対に普通じゃない。それなのに、貴方はそんな連中を軽々と……」

「ある階級に属する人間は、恩恵の代償に己が身を危険に晒《さら》すこともある」

「なんの……話だよ？」

唐突に観念的な言葉を吐かれ、光弥は大いに面食らう。そんな顔を小バカにしたように見つめ、炎龍はゆっくりと言い直した。

「光弥、おまえにも身に覚えはあるだろう？　天下の西願家ともなれば、羅家に負けず劣らず何がしかの因縁を含んでいる。引いては逆恨み、犯罪の的にされたりすることも多いはずだ」

「それは……」

「おまえには怖い思いをさせたが、あれくらいのことは日常茶飯事だ。特に、私は敵が多い」

「………」

詭弁《きべん》だ、と言い返そうとしたが、まったく身に覚えのない話でもない。それでも煙に巻かれた気がして、光弥はしばし黙り込んだ。沈黙を見計らってノックの音がし、先ほどの老執事がお茶の用意を乗せたワゴンを押してくる。どうやら、この屋敷には最小限の使用人しかいないようだ。

「ひとまず、お茶でも飲んで落ち着くといい。そんな小難しい顔をした義弟など、私は欲しくはないからな。彗端も、そんな男は好みではないはずだ」

「そういえば、妹さんの具合はどんな感じだ？　体調を崩したって聞いたけど」

「彼女は、この屋敷にはいない。療養を兼ねて、静かな場所で休ませている」

「だったら、療養場所を教えてくれないかな。お見舞いに行きたいんだ」

「面会謝絶だ」

「え……」

そんなに悪いのか、と顔色を変えると、炎龍は思わせぶりに微笑んだ。カップに注がれたコーヒーから柔らかな湯気が立ち昇り、酷薄な瞳を一瞬わからなくさせる。やがて、彼は静かに組んでいた腕を解くと、美味《うま》そうにカップへ口をつけた。

「飲んでみるといい。おまえの好みに合わせてブレンドさせた」

「僕の好み？　なんで、そんなこと……」

「コーヒーだけじゃない。光弥、おまえのことは全《すべ》て知っている。何を好み、憎み、愛しているか、なんならこの場で諳《そらん》じてみせてもいいんだぞ」

「う、嘘だ！」

「嘘なものか」

動揺する光弥を愉快そうに見返し、炎龍はソーサーへカップを戻す。

「コーヒーは苦めで、キリマンとエスプレッソ用に挽《ひ》いた粉をブレンドしたもの。ワインは白のシャトーディケム、甘いものは全般的に苦手だが、例外としてデル・レイのショコラは口にする。野菜を好み、ピアノとヴァイオリンを嗜み、オペラには出かけるがミュージカルには興味がない。サッカーを嫌い、テニスなどの個人競技を得意とする。大学では経営学を学んでいるが、本来の興味は民俗学だ。他には……」

「わかった、もういい」

「いいのか？」

「いいよ！」

ひどく決まりが悪くなり、思わず声が大きくなってしまった。妹の見合い相手を調査するのは特に不思議ではないが、目の前で「好き・嫌い」を羅列されるとさすがに居たたまれなくなる。

憮然とする光弥を見て、炎龍は再び口を開いた。

「羅家と西願家の縁組は、完璧《かんぺき》な政略結婚だ。おまえにだって、それはわかっているだろう？」

「何が…言いたいんだよ……？」

「私は全てのデータを揃《そろ》え、西願光弥が最も我が妹に相応《ふさわ》しい相手だと選択した。難を言えば年下ということだが、さほど大きな問題ではない。だが、ここで一つだけ計算違いが生じた」

「計算違い？　なんのことだ？」

「残念ながら、彗端は今回の縁談に乗り気ではないのだ」

「………」

見合いをドタキャンされた時から予想はしていたが、よもや面と向かって正直に言われるとは思わなかった。さすがに光弥は絶句し、すぐには言葉が出てこない。だが、炎龍は世間話でもするような調子で、悪びれる様子もなく先を続けた。

「一族の総帥の座に就いたとはいえ、まだ引退した父の影響力は根強い。彼は彗端のワガママを許すほど寛容ではないし、私にしても頭の痛い事態だ。西願家との縁組を足がかりに、日本でのビジネスを拡大させるつもりでいたからな」

「はっきり言うな。少しは、オブラートに包んで物が話せないのかよ」

「ほう、おまえは彗端を気に入っていたのか？　写真で見る限り、なかなかの美女だろう？」

「そういうことを言ってるんじゃない！　僕はただ……」

「彼女の気持ちを変えさせるのは、並大抵ではないぞ。何しろ、私の妹だ。男勝りの気の強さで、たおやかなのは見かけだけだからな」

ふざけているのか、と詰め寄りたくなるほど、彼の口調は落ち着き払っている。初めは頭に血が上りかけていた光弥も、不意に一人で怒っているのがバカバカしくなってきた。

（そうか。詫びと称して僕を呼びつけたのは、こういう内情が含まれていたからか）

妙に納得のいくものを感じ、それならばこの状況をどう有利に持っていくべきかを考える。どうせ愛情抜きの政略結婚なのだから、商談と中身はなんら変わりはなかった。

「一つ訊きたい。羅家としては、どうするつもりなんだ？」

「どう、とは？」

「妹さんの気持ちを無視して話を進めたところで、今度は挙式から逃げないとも限らない。そんな恥をかかされたら、西願家の面目は丸潰《まるつぶ》れだ。だけど……貴方はこの縁談をまとめたいんだよな？」

正面切って問いかけると、炎龍は癖のある笑みで肯定する。光弥が何を言い出すつもりなのかと、楽しんでいるような顔にも見えた。

「それなら、話は簡単だ。貴方が、妹さんを説得してほしい」

「ふん？」

「もちろん、そう長くは待てない。彼女が療養を理由に日本へ留まっている間に、僕との見合いを仕切り直してほしいんだ。もともと、この話は羅家から申し出があったものだ。筋は通っているだろう？」

「……………」

「一ヶ月待つ。それだけあれば、説得には充分だよな？」

炎龍がなかなか返事をしないので、光弥は更に踏み込んだ。一ヶ月の間に彗端が翻意《ほんい》すればよし、どうしても嫌だと突っぱねるならその時点で破談にすればすむことだ。それで羅家の誠意が計れるというものだし、破談になっても多大なる貸しを彼へ作ることができる。

「光弥、私は多忙だ。アメリカと香港《ホンコン》を往復し、加えて日本での活動も始まる」

「だから？」

冷ややかに、光弥は答えた。人一人説得もできないで、財閥の総帥など務まるわけもない。これは、炎龍自身の能力と彼の中で西願家がどれだけ重要な位置にあるかを確かめる試験でもあるのだ。

「だから、なんなんだ？　貴方は、妹の説得すらできないと？」

「いや、その逆だ」

炎龍はニヤリと唇の端を歪め、思いがけないことを言い出した。

「説得は確約しよう。ただ、今も言ったように私は多忙で、これからしばらくは日本の企業との交渉や取引が中心となる。時に光弥、おまえは学生だが時間に融通がきく方か？」

「ま……まぁ、多少は……」

「では、交換条件だ。妹の説得に費やす時間分、おまえは私の力になれ」

「は？」

思わず、光弥は耳を疑う。この局面で「交換条件」とは、図々しいにも程がある。

だが、炎龍は本気のようだ。こちらの反応など意に介さず、まるで自分たちの方が立場は上だとでも言いたげな態度で、呆れ顔の光弥をねめつける。

「おまえが義弟として羅家のために働ける男かどうか、検証してみる良い機会だ。英語や北京語は堪能だと報告書にもあったから、連れ回しても少しは役に立つだろう」

「な……」

「その代わり、必ず彗端をおまえへ嫁がせる。どうだ、双方にとって利益のある話ではないか？」

「…………」

いつの間にか、すっかり形勢は逆転していた。これでは羅家に貸しを作るどころか、下手をすればこちらの能力不足を口実に足元を見られかねない。兄二人ほどではないにしろ、それなりに帝王学を学ばされてきた光弥ではあったが、なにぶんまだ学生だし、実地でどれほど役に立てるかはまるきり未知数だった。

「私の日本でのビジネスも、ちょうど一ヶ月を予定している。その間に両家の理解を深め、仕切り直した見合いでは美しく着飾った彗端を見せてやろう。これで異存はないな？」

「貴方は……」

「〝炎龍〟でいい。堅苦しいのは好きじゃない」

「えん……りゅう……？」

「私の名、炎龍の日本語読みだ。その方が、おまえも呼びやすいだろう」

そう言って、彼は再びカップを傾ける。どうやら、異論を唱えたところで聞く耳など持ちそうにはなかった。仕方なく光弥もカップを手に取り、とりあえずコーヒーを一口含む。

「美味《おい》しい……」

感嘆のあまり、声が零《こぼ》れ出た。さすがは「好みに合わせた」と言うだけあって、苦みも濃さもうっとりするほど絶妙だ。炎龍の「全てを知っている」発言は、恐らくはったりではないのだろう。

（負けるもんか）

ふと、そんな思いが胸に湧き起こった。強《したた》かで王様然とした炎龍に、見くびられるのだけは我慢がならない。船上での出会いから彼には一方的に翻弄《ほんろう》されてきただけに、光弥は一歩たりとも引くことはできなかった。

「わかった。一ヶ月だね？」

「そうだ。私は、一度した約束は違えない」

受けて立った光弥へ、炎龍は満足げな瞳で答える。それまで眠っていたリュウトが、張り詰めた空気を感じ取り不意に顔を上げてこちらを見た。

「では、僕に誓ってくれ」

「おまえに？　この私が？」

「そうだ。一ヶ月で僕を解放し、その後は義兄として西願家の力になると——今ここで僕に」

正面から切り込むと、しばしの沈黙が流れる。

やがて、炎龍はおもむろに光弥の右手を手に取った。

「知道了（了解した）」

神妙に呟いた後、唇が軽く指へ押しつけられる。誓いのキスだ。

光弥は内心狼狽《ろうばい》し、同時に抱き締められた時の香りや体温が感覚へ鮮やかに蘇《よみがえ》った。悟られぬうちにと急いで右手を引き戻し、毅然《きぜん》と炎龍を見つめ返す。

胸に生まれた高揚は甘い鼓動を伴っていたが、その原因には光弥もまだ気がつかなかった。

# 2

「お兄様、どうだった？　西願《せいがん》家の三男は、顔の綺麗《きれい》な男と聞いているけれど」

「彗端《シュイシエイ》、おまえ私の顔を見るなりそれか？」

炎龍《イエンロン》は苦笑し、淡いクリーム色で統一されたホテルの一室へ無遠慮に入っていく。都内の一等地に構える四十階建ての高級ホテル、その最上階にあるスイートを年若い妹は一人で占領していた。

「今、お茶を淹《い》れるわ。〝白牡丹《パイムータン》〟でいい？」

「ああ。それと、リュウトにも水を頼む。東京《とうきょう》も香港《ホンコン》に負けず劣らず、炎帝《えんてい》の季節は過ごし難い。紗《しゃ》で作らせた長袍《チャンパオ》も、さすがにこの時期は辛《つら》いものがあるな」

「嘘ばっかり。いつも涼しい顔をなさって、剣を振るっても汗一つかかないくせに」

彗端は軽やかに笑い飛ばし、おとなしく控えるリュウトの前へ深皿に汲《く》んだミネラルウォーターを差し出す。炎龍が「よし」と許可を与えると、彼は美味《うま》そうに皿へ顔を突っ込んだ。

「……お兄様」

「なんだ」

「私のワガママに付き合わせて、本当にごめんなさい。だけど、もうお兄様しか頼る人がいないの。私がここにいること、光弥《みつや》さんには……？」

「心配せずとも、病気で療養中だと言ってある。そんなことより、私が父に内緒で作れる時間は一ヶ月が限界だ。わかっているだろうな？」

「ええ、大丈夫よ。それ以上の迷惑はかけません」

手入れの行き届いた黒い長髪を揺らし、彗端は真面目な顔で頷《うなず》く。内面の勝ち気さとは裏腹に、見た目は匂《にお》やかな白い花を思わせる可憐《かれん》な美貌《びぼう》だ。留学先のパリでも、オリエンタルビューティとしてさぞかしちやほやされていたに違いない。

（しかし、お嬢様育ちの彗端が、まさかあんな相談を持ちかけてくるとはな。大胆というか、世間知らずというか）

イタリア製のソファに腰を下ろし、炎龍はやや複雑な面持ちで妹の淹れた中国茶を味わった。外出先では食事に極力注意を払っているため、安心して口にする物は限られている。

（私の来日を、ここぞと狙《ねら》う連中もいることだし。……先日の船上のように）

炎龍には、彗端の他にも数名の異母兄弟がいるが、いずれも反目し合っていて僅《わず》かな隙《すき》も見せられない。その点、母を同じくする彗端だけは、身内で唯一心が許せる相手だった。

「嫌ね、どうしたの。私の顔、ジッと見て」

「いや……そういえば、おまえの婚約者はなかなか面白い男だ。典型的な箱入りだが、矜持《きょうじ》はきちんと持っている。まぁ、まだヒヨッコには変わりないがな」

「まだ婚約なんてしてないわ。でも、珍しいわね。お兄様が、他人を褒《ほ》めるなんて」

「別に褒めたわけではない。面白いと言っただけだ」

無意識の発言を妹に指摘され、炎龍は少し気まずい思いにかられる。日頃の彼らしからぬ言い訳めいた物言いに彗端は目を丸くしたが、口に出しては何も言わなかった。

「身体の方は、本当に何ともないのか？」

しばらくして、炎龍は話題を変えた。ほっそりした身体を麻のワンピースに包んだ彗端は、リュウトの頭を撫《な》でながら「ええ」と答える。血管の浮き出た首筋に一か所、絆創膏《ばんそうこう》を貼《は》ってはいるが、強がりでもなんでもなくどこにも怪我《けが》や痛みはなさそうだった。

彼女には聞かれないよう小さく息をつき、炎龍は再びお茶へ戻る。

西願家との見合いの日、彗端は何者かの手によって拉致《らち》され、どこかの廃ビルへ閉じ込められていた。炎龍は部下を使って捜索させ、自身は客船へ乗り込んでいたのだが、光弥との会話の途中で彗端を保護した部下たちが迎えに来たため、あの場から離れたのだ。

「お兄様には、心配ばかりかけて申し訳ないわ。お見合いだって、私が出られればもう少しスムーズに事が運んだでしょうに」

「いや、却《かえ》って面白い展開になった。気にするな」

「面白い展開？」

興味を惹《ひ》かれたのか、彗端の目が輝いた。こういう時、彼女と自分が実の兄妹なのだと炎龍は愉快に思う。彗端もまた、想定外の出来事やハプニングを面白がれる人種だった。

（だが、さすがに犯人のことまでは尋ねてこないか）

彼女の首筋の傷は、犯人が脅《おど》しでナイフをかざした際につけられたものだ。身内の傷、それだけで炎龍にとっては万死に値し、事実実行犯のグループは全員血の海の中で苦しみながら息絶えていった。いかに勝ち気な彗端といえど、そこまでは耳にしたくないのだろう。

「ねぇ、聞かせてくださらない？　光弥さんって、どんな方だった？」

「彼の個人情報なら、とっくに渡してあるだろう」

「そうじゃなくて、お兄様の口から聞きたいのよ。それに、リュウトの恩人じゃないの」

「…………」

目の前のソファへふわりと腰を下ろし、幼子が物語をねだるように彗端が笑った。確かに、リュウトを救ったという点だけでも光弥は特別な存在と言わねばならない。彼には移り香のせいだと説明したが、それだけで手負いのリュウトが気を許すとは到底思えなかった。

「そうだな、噂《うわさ》の通り見目好《よ》い男だった」

光弥の面影を脳裏へ思い描き、炎龍はその印象を口にする。

「気の強そうな利発な目をしていて、思ったことを迷わず言葉でぶつけてくる。情緒や奥ゆかしさは足らないが、さすがに育ちのせいか物腰は優美だ。頭の切り替えが早いので、会話の途中で私をイライラさせない。全体的に細身だが、スーツは着慣れている様子で佇《たたず》まいにも品がある——こんなところか？」

「私、写真で見た時は〝ワガママそう〟と思ったの。末っ子で、双子のお兄様たちに溺愛《できあい》されているんでしょう？　一見優しげだけど、頑固で意志が固そうだわ」

「まだ苦労知らずのお坊ちゃんだ。無駄にプライドだけは高いだろうな」

「でも、気に入ったのよね？」

すかさず、彗端が核心を突いてきた。炎龍は控えめに微笑《ほほえ》み、明確な答えを避ける。どのみち、気に入らない相手を一ヶ月も連れ回すなどありえないことだった。

「いずれにせよ、楽しい滞在になりそうだ。西願家には、愉快な人材が揃《そろ》っている」

「お兄様……」

では、僕に誓ってくれ。

真っ直ぐ挑んできた眼差しを思い出し、炎龍は満更でもない気持ちになる。近々、光弥が自分の正体を知ったとしても、彼は同じ瞳で同じセリフが吐けるだろうか。

「あいつなら、わからないな」

その顔を見たい、と炎龍は思った。

箱庭で育った彼が心を踏み荒らされた時、どんな目で自分を見るのか確かめたかった。

勢いで決めた一ヶ月の交換条件を、兄たちは初め困惑気味に受け止めていた。付き添いで同行した眞行《しんぎょう》を「どうして止めなかった」と咎《とが》め、一旦《いったん》は約束を反故《ほご》にするため炎龍へコンタクトを取ろうとしたほどだ。

だが、光弥はあくまで約束は守ると言い張ったため、ついには根負けしてくれた。その代わり、あまり羅《ロー》家のビジネスへ深入りしないこと、とここでも新たな約束をさせられる。結婚すれば嫌でも関わることになるのに、と不思議だったが、機嫌を損ねては厄介《やっかい》なので「わかったよ」と素直に頷《うなず》いておいた。

「おい、光弥。おまえ、見合いしたんだって？」

午前中の講義を終えて教室から出たところを、友人の一人に呼び止められる。幼稚舎からストレートで進学してきた内部の学生同士は顔見知りが多く、一人の情報があっという間に仲間内へ広がってしまう。特に、光弥は家柄や目立つ容姿から学内でも名前が知られており、噂になるのは時間の問題だった。

「うん、まぁな。でも、正確には仕切り直しなんだ。相手が体調崩しちゃったんで」

「そうかぁ。でも、ちょっと驚いたよな。いくら名家のご令息でも、まだ二十歳で見合いとはさ。そういう世界、現代でもまだ存在してるんだなぁ」

「僕だって、本音を言えばびっくりだよ。ただ、遅かれ早かれこういう時期は来るだろうって覚悟はしていたけどね。ちょっと、予想よりは早かったかな」

「覚悟って、おまえな……」

まるで他人事《ひとごと》のように冷静な口をきく光弥へ、友人は些《いささ》か呆気《あっけ》に取られた顔をする。家柄や財力に恵まれた者が大半を占める名門校なだけに、すでに許婚《いいなづけ》がいたり政略結婚が当たり前の感覚だったりはするが、それでも本人にはそれなりの葛藤《かっとう》や反発が生まれる年頃だ。

「俺、光弥はもっと我の強い奴かと思ってた」

小等部の頃から付き合いがある彼は、意外そうな口ぶりで言った。

「ワガママってのとはちょっと違うけどさ、おまえ納得いかないことにはとことんこだわる性格じゃないか。中等部の時、数学の証明問題で先生の模範解答はベストじゃないって言い出して、三日かけてもっとクリアな解答を出してきたりさ」

「それと見合いと、どういう関係があるんだよ」

「いや、それくらい意見を通す面があるだろ。見合いなんて、釣《つ》り書きでしか相手を計れないのによく決心したなぁ、と思って。相手、よっぽど美人だったとか？」

「美人は美人だけど……」

好奇心たっぷりに訊《き》かれると、なんだか心許《こころもと》なくなってくる。頭で何度か彗端の顔を思い描こうとしても、浮かぶのは兄である炎龍のふてぶてしい微笑ばかりなのだ。これでは、誰と見合いをするのだかわからなかった。

「いいんだよ。別に、今付き合っている子がいるわけじゃないし」

仕方がないので、曖昧《あいまい》な言い回しで答えをごまかす。実際、光弥は現在フリーで、大学入学時に付き合い出した彼女と一年ほど前に別れてから、特に決まった相手はいなかった。

「もしかしたら、見合いも一つの出会いかもしれないだろ？　家柄は保証付きなんだから」

「なるほどなぁ」

友人はやたら感心した素振りで、うんうんと頷く。

「ま、おまえは遊んでるタイプじゃないから。それもアリかもな」

「そんな大袈裟《おおげさ》な。兄さんたちが強く勧めてきたし、一足飛びに結婚するわけじゃないんだ。会うだけ会ってみようかなって、そう思っただけだよ。まさか……」

「え？」

「……あ、いや……なんでもない」

うっかり船上での出来事に触れそうになってしまい、慌てて笑顔を取り繕った。到底信じてもらえるとは思えなかったし、仮に信じられたらそれはそれで面倒だ。

「あ、光弥。桑原《くわばら》教授のゼミ合宿、おまえ参加する？　夏休みの一週目だぞ」

「おまえが来ると女子の参加率上がるからさ、できるだけ出てこいよな」

会話の途中で、通りすがりの男子学生が二人、気さくに声をかけていった。光弥は気軽に了承し、自分も昼食に行くかと友人を振り返る。午後は一コマ出たら終わりだったので、早めに帰って前期試験の勉強をするつもりだった。

「悪い、俺そろそろ……」

話の途中で、突然マナーモードにしておいた携帯のバイブが鳴り出す。それを機に友人の方で「じゃあ、またな」と気を利かせて立ち去ってくれた。内心（また噂に尾ひれがつかなきゃいいけど）と思いつつ、光弥は肩から提げた鞄《かばん》から携帯を取り出す。

「誰だ……？」

生憎《あいにく》と、表示された番号には心当たりがまるでなかった。

「それにしても……」

石畳の坂道を駆け足で上り、光弥は息を切らしながら高台のオープンカフェへ急ぐ。

「呼び出すにしたって、時間ってものがあるだろうに……」

電話をかけてきたのは、炎龍本人だった。何故《なぜ》この番号を知っているのか、という光弥の質問はあっさり無視され、「今すぐ来い」と頭ごなしに呼びつけられる。すわ仕事か、と身を引き締めたが、炎龍の答えは「お茶に付き合え」だった。

「――遅い」

ウェイターに案内されてテーブルまで来た光弥を見るなり、初対面の時と同じく男性用のチャイナ服にサングラス姿の男が開口一番文句をつける。

「おまえの大学からこのカフェまで、車を飛ばせば五分で着けるはずだ」

「いきなり呼びつけておいて、無茶を言うなっ。これでも急いで来たんだぞ。それより、もう少し地味な格好をしたらどうなんだよ」

光弥も、負けじと言い返した。問答無用の要請に、午後の講義はサボる羽目になったのだ。まさか事前の連絡なしに、中二日で呼ばれるとは思ってもみなかった。

「私の格好がどうかしたか？　最高級の絹で一流の職人に仕立てさせた長袍だぞ」

「服が悪いわけじゃないけど、東京じゃ目立ちすぎるんだよ。それに、その丸いサングラス。どう見たって、阿片窟《アヘンくつ》の売人じゃないか」

「売人？　私が？」

「昔観た映画に、そっくりな奴が出ていたし」

何がおかしいのか、それを聞くなり炎龍は口の端を歪《ゆが》めて笑ってみせる。悔しいが、その様子は役者のように決まっていた。自分たちが他の客から視線を集めているのは、何も炎龍が生《き》成《な》りの地に白く鳳凰《ほうおう》を縫い取った美しい長袍を着ているからだけではないだろう。

「光弥、おまえこそ、その格好をどうにかしろ」

「格好？　別に普通の半袖《はんそで》シャツとパンツだけど？」

「タイも締めず、まるで高校生だ。スーツはどうした？」

「学校から直行したんだぞ！　スーツなんか着てるわけないだろっ！」

ムチャクチャな言い草にドッと疲れを感じ、仏頂面のまま椅子《いす》へ座る。炎龍の足元には、だいぶ傷の癒《い》えたリュウトが賢く控えていた。

「その子、いつも連れ歩いてるのか？」

「リュウトのことか？　彼は、私のボディガードだからな。どんなプロより、優秀で忠実だ」

「…………」

サンデッキで暴漢たちを蹴散《けち》らし、返り血に汚れていた犬が、今は気持ちよさげに初夏の風を浴びている。顔つきがどこか不敵で偉そうなのは、きっと主人に似たからに違いない。

「撫《な》でてもいいぞ。光弥なら怒らないよう、言い聞かせておいた」

「……嘘じゃないだろうな」

「試してみろ」

苦笑混じりに挑発されると、もう後には引けなくなる。そんな負けず嫌いの己を恨みつつ、光弥はおそるおそる右手を伸ばしてみた。今日は移り香どころか炎龍と会って五分とたっていないので、もしかしたら噛《か》みつかれるかもしれない。

「リュウト」

名前を呟《つぶや》き、そっと頭へ手のひらを乗せてみる。リュウトは澄ました顔のまま、触られても微動だにしなかった。無視されているとも言えたが光弥は少し嬉《うれ》しくなり、何回か撫でながら「元気になって良かったな」と話しかける。やがて、ようやくその存在に気がついた、とでもいうようにリュウトが顔を上げ、光弥をジッと見つめ返してきた。

「ほう。恩人だということは、こいつにもわかっているようだ」

炎龍の言葉に（それにしちゃ、態度がデカいよな）と思ったが、そんなところも主人にそっくりだ。光弥はなんだか可笑《おか》しくなってしまい、気がつけば機嫌が良くなっていた。

「お待たせいたしました」

駆け込んだ時に注文したアイスオレを、ギャルソン姿のウェイターが運んでくる。同じ銀のトレイには、シャンパンのモエ・エ・シャンドンが乗っていた。ウェイターは手慣れた仕草でボトルの栓を抜き、炎龍のグラスへ新たな一杯を注ぎ入れる。一体何杯目になるんだろう、と考えていたら、彼はようやくサングラスを取って素顔を陽光の下に晒《さら》してくれた。

「眩《まぶ》しいな」

「自分で取ったくせに」

「酒は、目《め》で愛でながらの方が美味《うま》い」

どういう理屈だ、と思ったが、炎龍が素顔になった途端、またしても周囲からの視線が熱くなる。同じ男としては面白くなかったが、非日常を切り取ったような彼の容姿を思えば、女性が夢中になるのは無理のない気がした。

「てっきり、仕事のアシスタントに連れて行かれると思っていたのに」

アイスオレを飲み、いくぶん緊張が解けた光弥は尋ねてみる。

「力になれ、とか言うから、僕は……」

「主人の暇潰《ひまつぶ》しに付き合うのも、立派な仕事の範疇《はんちゅう》だ」

「そんな……」

「それと、私を襲った連中の身元が判明した。今後、似たような事態が起きた時のために、光弥には話しておく必要がある。何しろ、私の滞在は一ヶ月あるからな」

「身元が判明した？　本当に？」

表立ってニュースにはならなかったが、炎龍は独自のルートで捜査を続けていたようだ。光弥はつい興奮して大きな声を上げてしまい、慌てて乗り出した身体を椅子へ戻した。

「あいつらも北京《ペキン》語を話していたけど、やっぱり華僑《かきょう》の人間だったのか？」

「連中は、私の異母兄が寄越したマフィアだ」

「え……」

異母兄ということは、炎龍が総帥の座から蹴落とした長兄を指すのだろうか。後継ぎ問題で揉《も》めるのはよくある話だが、命まで狙《ねら》ってくるとは穏やかではない。顔色を変えた光弥に、炎龍は事もなくグラスのシャンパンを半分ほど飲み干した。

「おまえも予備知識程度には知っていると思うが、羅家は複雑な一族だ」

「そうみたいだね。特に先代はあちこちに愛人がいて……あ、ごめん……」

「構わない。続けろ」

「……遺産問題で、幾つも訴訟を抱えているんだろう？　財閥は同族経営だから、愛憎を交えた泥沼試合で一族間のトラブルも絶えないって」

「その通りだ。私には同母から生まれた彗端の他に、腹違いの兄弟が幾人もいる。父は次男の私を正式な後継者と定めたが、異母兄は唯一の正妻の子どもなので彼を後押しする者も多い」

「………」

　なんだか生々しい話だったが、その状況はわからなくはない。西願家も、なまじ歴史が長いため、中には跡継ぎや遺産を巡って親族が争った記録が多く残っていた。

「だけど、何も命を狙わなくたって」

「私が生きている限り、たとえ後継者の座を奪い返せたとしても、いつか必ず復讐《ふくしゅう》される。そう思うのが自然だ。それなら、早いうちに始末した方がいい」

「炎龍……」

　まるきり他人事のように話しているせいか、今一つ実感が湧《わ》いてこない。けれど、一緒に襲われた以上、それが作り話ではないことは光弥も疑いようがなかった。

「兄と弟が……悲しい話だね」

「何を言っている。こんなのは、よくあることだ」

「よくあること？」

光弥の感傷を一蹴《いっしゅう》し、炎龍は平然と言い返す。けれど、兄二人から溺愛され、兄弟三人で西願家を守り立てていこうと努めている身としては、己の境遇とのあまりの違いにただ押し黙るしかなかった。

「やり方が荒っぽいところから、異母兄の雇った組織は大体察しがつく」

炎龍は少しも気にした風もなく、事務的に事実を述べていく。

「私は、彼から深い恨みを買っているからな。いずれ、こんな展開になるだろうとは予想していた。むしろ、遅いくらいだ。異母兄は強力な後ろ盾を得て、行動を起こしたのに違いない」

「後ろ盾？　羅家の総帥に逆らえるような？」

そんなの数えるほどしかないんじゃ、と言外に含む光弥へ、炎龍は我が意を得たりというようにニヤリと笑った。シャンパンのグラス越しに向けられた眼差しは、意味もなくこちらを妖《あや》しく惑わせる。

「光弥、おまえはやはり賢いな」

「え？」

「そして、順応力が早い。ここで不必要にギャアギャア騒ぐようだったら、即座におまえを見切っていたところだ。そう、私に逆らうなど無謀もいいところだ。これから、相手にはそれをたっぷりと思い知ってもらう」

「思い知るって……まさか、報復するつもりかよ?」

「やらなければ、またこちらがやられる」

あっさりと結論を出し、彼は残りのシャンパンをいっきに呷《あお》った。

だが、光弥は簡単に「そうだね」とは言えない。異母兄がプロを雇ったのが本当だとすれば、報復するには見合ったプロを炎龍側も用意するのが順当だ。そうなると一ヶ月の滞在中、彼の身は常に危険に晒されることになるし、「力になる」と約束をした自分が巻き込まれるのは必至だった。そのことを踏まえた上で、もう一度答えを出せと炎龍は言っているのだ。

「僕が、怖気《おじけ》づくと思ったんだ……?」

多少は誇りが傷ついたが、何より真意が知りたくて光弥は問いかけた。

「こんな話を聞いたら、破談にして尻尾《しっぽ》を巻いて逃げだすって?」

「いや、おまえはそうしないだろう」

「炎龍……」

いやにきっぱりと断言した後、炎龍は珍しく次の言葉を慎重に選ぶ。なんなんだ、と戸惑っていると、光弥の目を覗《のぞ》き込むようにして彼は言った。

「だが、対《つい》の兄君たちがなんと言うかはわからない。おまえは溺愛されているからな」

「なんで、そんなこと……」

「特に調べなくても、日本の社交界では有名だ。西願家の優雅な双子は、末の弟を猫可愛《かわい》がり

していると な。彼らは実業家としては切れ者だが、おまえに対する時は別人のようだというじゃないか。そんな人間が、みすみす弟を危険な目に遭わせるかどうか」

「それは……わからないけど……」

さすがに自信がなくなって、光弥は曖昧《あいまい》に語尾を濁らせる。確かに、炎龍と単独で交わした約束についても兄たちは反対していたし、まして生命の危険となれば尚更《なおさら》だった。眞行を側に付けるとしても、プロに狙われていると聞けば安心はできない。

けれど……――。

「羅家と姻戚《いんせき》関係を結ぶ、これは兄たちにとっても重大な決断だったはずだ」

「光弥……？」

「どんなに僕を可愛がってくれていても、兄たちには西願家を守り、繁栄させていく責任がある。そのために負うべきリスクなら、闇雲《やみくも》に反対はしないと思う」

「………」

「万一の時は、僕が兄たちを説き伏せる。だから、貴方《あなた》との約束は続行だ。それでいいね？」

背筋を凜《りん》と伸ばし、光弥は射抜くように炎龍を見据《みす》えた。全《すべ》ての事情を聞かされて、怖いから逃げ帰るなんて真似《まね》は死んでもできない。本音を言えば半分以上は意地だったが、炎龍の他人を見下したような視線へ背中を見せるのは絶対に嫌だった。

「――承知した」

不遜《ふそん》に微笑みながら、炎龍が頷く。

その顔は、まるで手応《てごた》えのある獲物を見つけた獣のように嬉しそうだった。

「そういうことに、なるんじゃないかと思ったんだよ」

開口一番、霧弥《きりや》が小難しげに眉《まゆ》をひそめ、大きな溜《た》め息《いき》を吐き出す。次いで、彼の隣に座る尋弥《ひろや》が、ちらりと部屋の隅へ控えている眞行へ視線を移した。

「眞行はどう思う？　おまえ、光弥を守り切れるか？　いざという時、ためらわず光弥の楯《たて》になると誓えるのか？」

「私は、そのために光弥様へお仕えしています」

「そりゃ、そうだろうけどさ。なぁ、霧弥。どう思う？」

眞行の返事に揺らぎがないので苛《いじ》め甲斐《がい》がないと思ったのか、尋弥はさっさと霧弥へ向き直る。当事者の光弥は軽く無視された状態で、所在なく兄二人をかわるがわる見つめた。

炎龍とカフェで別れて帰宅した後、兄たちが仕事を終えて戻るのを待って、光弥は早速話を切り出そうとした。その深刻な表情からただ事ではないと察した彼らは着替えもそこそこに光弥を書斎へ呼び、完全に人払いをした状態で話し合いを続けている。

「うーん。よもや、炎龍がさっさと核心に触れてくるとは思わなかったからなぁ」

「だよな。頃合いを見て、俺たちから話すつもりだったのに」

「光弥の性格を、案外早く見抜いたんだろうね。挑発されると受けて立つ、という。あいつ、案外バカじゃないな。さすが、あの歳《とし》で羅家を仕切ってるだけはある、か」

「え、ちょっと霧弥兄さん、尋弥兄さん、それはどういう……」

想像の斜め上をいく二人のやり取りを聞いて、光弥は嫌な予感に襲われた。なんだか、炎龍の近くには危険が伴うと、初めから知っていたような口ぶりだ。

「もしかして、兄さんたちは知っていたのかよ。羅家のゴタゴタを」

「ゴタゴタっていうか、ね」

「船上での一件を聞いた時、〝まいったな〟とは思った、よな」

いかにも決まりが悪そうに、二人は顔を見合わせる。だが、申し訳なさそうなのは表面だけで、芯《しん》から罪悪感を覚えているわけではないのは一目瞭然《いちもくりょうぜん》だった。徹底的な反対に遭った場合を考慮して、ある程度構えていた光弥はいっきに力が抜けてしまう。

「……話してくれるよね」

こみ上げる怒りを堪《こら》えながら、ボソリと低く問い詰めた。「僕らの光弥が怒っている」と兄たちは慌てたが、そんなのは自業自得というものだ。

「今度の縁組について、まだ僕の知らないことがあるんだろ? 話してよ、全部」

「光弥……」

「そうでなきゃ、兄さんたちとは一生口をきかない」

「え、それは困る！」

二人は顔色を変え、とうとう観念したようだ。彼らにとって、光弥から嫌われるということは何より耐えがたい状況なのだ。

「まいったな。この子、やると言ったら絶対我を通すからね」

「霧弥、ほら覚えてるか？　光弥が高校一年の時、俺たち揃って離婚したじゃないか。そうしたら、こいつ〝兄さんたちが、僕と仕事ばかりにかまけてるから〟って勝手に責任感じちゃって、眞行と一緒に屋敷を出ていこうとしてさ」

「そうそう。アルバイトなんてしたこともないくせに、ファストフードの面接受けて」

「妙ちくりんなボロアパート、小遣いで契約してきてな」

「あのね！　その話は、もういいから！」

放っておくと、次に出るセリフは必ず「健気《けなげ》だったよねぇ」だ。光弥は真っ赤になって兄たちの会話へ割って入り、藪蛇《やぶへび》になった発言を激しく後悔した。

実際、光弥の独立は兄たちの妨害に遭って呆気なく失敗に終わり、それでも無責任にバイトは辞められないと半年はファストフードのカウンターに立ち続けたのだ。その裏で西願家がその親会社を買収し、グループの傘下に入れていたことも知らずに。

「でもね、羅家の内紛に関しては本当にちゃんと話すつもりだったんだよ」

旗色が優勢になったのを察し、霧弥が手際よく会話を本題へ戻した。

「実はね、ここ半年ほど西願グループの経営状態はあまり思わしくないんだ」

「え……？」

「まだ表立って騒がれるほどじゃないけどね、徐々にライバル企業に市場へ食い込まれて、対応策に追われている状態なんだよ。で、以前から僕と尋弥はアジアでの新事業を起ち上げていたんだけど、躓《つまず》きは全《すべ》てそこから始まっているんだ」

「横槍《よこやり》を入れてきたのは、Ｐグループだ。昔から、あそことは確執があるからな」

途中から話を引き継いだ尋弥が、そう言って忌々《いまいま》しげに腕を組んだ。

「あいつらは、香港マフィアと手を組んで香港やシンガポールの土地の吊上《つりあ》げや買収を開始した。お陰で俺たちの事業は頓挫《とんざ》状態で、そっちと連動していた事業の幾つかにも支障が出ているってわけだ。グループ全体の信用にも関わるし、全体の不振にも影響がないとは言えない。そうなると、俺たちが打つ手も一つしかない。わかるだろ？」

「それが……羅家……」

「うーん、そうとも言えるし違うとも言える」

謎かけのような言葉に、光弥は更なる事実が潜んでいるのを感じた。しかも、兄たちはなかなかそこへ触れようとはしない。それらの要素から導き出せる答えは明白だったが、さすがに簡単に口に出すのは憚《はばか》られた。

だが、すでに光弥にとっては他人事ではない。

炎龍が妹の説得に成功すれば、自分はいずれ彼の義弟となる身だ。

「霧弥兄さん、尋弥兄さん、正直に答えて」

居住まいを正し、兄二人を真正面から見据える。俄《にわ》かに喉《のど》が渇き、光弥は全身を緊張に包まれた。恐らく、この先を言葉にした瞬間から、自分の運命は大きく変わる。そんな予感が光弥をためらわせたが、しかしもう踏み出さないわけにはいかなかった。

「炎龍は——裏社会の人間なんだね」

すぐには、返事がなかった。

だが、すでに二人の沈黙が質問を肯定している。やっぱり、と船上の場面に納得する反面、そんな人間と縁続きにならねばならない現実が光弥を呆然《ぼうぜん》とさせた。

「やっぱり、そうだったんだ……」

「あ、いや、あのね、光弥」

「俺たちだって、苦渋の決断だったんだぞ?」

張り詰めていた気持ちがいっきに崩れ、光弥は深々と息をつく。そんな姿を見た兄たちはかつてないほど狼狽《ろうばい》し、懸命にフォローを試みようとした。しかし、騙《だま》されていたことに変わりはない。炎龍の隙のない佇まいや鋭い眼差しを思えば彼が裏社会の人間なのは納得できるが、兄たちがそれを知って見合いを決めたとなると大問題だった。

「本来、羅家は正妻の一人息子が継ぐはずだったんだよ」

仕方なく、外堀から埋めようとでも思ったのだろうか。蒼白《そうはく》になって黙り込んでしまった光弥へ聞かせるように、霧弥が羅家の内情を話し出した。

「炎龍は次男だけど妾腹《しょうふく》で、しかも母親が日本人だ。複雑な背景があって一族の表へ出られなかった彼は、めきめきと裏社会で頭角を現し、羅家を支えてきたんだよ。ビジネスマンとしても大変なやり手で、汚い金ではあったけど莫大《ばくだい》な資金を生み出すようになった」

「長兄の総帥としての能力に疑問を持った先代は、当然ながら次第に炎龍に目にかけるようになった。そこでお家騒動が起きて、炎龍は一躍表舞台へ躍り出たってわけだ。結果、長兄は更《こう》迭《てつ》されて先代は正式に炎龍を総帥に指名し一段落……となったんだけど……」

「何せ、元は香港マフィアの中でも一、二を争う勢力『黒夜《ヘイイエ》』のボスだからね。そうそう平和に暮らせるはずもなくて、先日の船上みたいな出来事もありうるか、とは思ったんだよ」

「だけど、まさか更迭された長兄が動き出していたなんてな」

なまじ敵が多いだけに、割り出しに時間がかかったらしい。そこまで話すと兄たちは再び顔を見合わせ、いかにも面倒そうに溜め息をついた。

しかし、本当に溜め息をつきたいのは光弥の方だ。政略結婚を甘んじて受けたのは確かに西願家のためだったが、命の危険があるとまでは思わなかった。おまけに、勝ち気な性格上、事情がわかったからといって乗りかかった船からは降りられない。

（恐らく、兄さんたちは僕の気性を承知で後出しに出たんだ。どれだけしおらしい態度を見せたって、情だけで動く人たちじゃない。それだけ、炎龍の力が必要なんだ……）

霧弥と尋弥には、それぞれ離婚歴がある。

光弥たちの両親は現在、カナダで楽隠居の身だが、あまりに世間知らず過ぎて危うく西願グループを傾けるところだった。それを危惧《きぐ》した兄二人が持ち前の社交性を発揮して政財界の有力者の娘と結婚し、その力を借りて経営を立て直したのだ。その後、お役御免とばかりにあからさまな兄たちの豹変《ひょうへん》ぶりに彼らの妻は愛想を尽かし、三行半《みくだりはん》を突き付けて出て行ったのだが、すでに西願グループはかつての数倍の勢いで事業を盛り返していた。

「じゃあ、羅家からの申し出で見合いを、っていうのも嘘だったの？」

何が嘘で何が真実なのか、もう光弥にはわからない。自信を失いつつ問いかけると、兄たちは声を揃えて「あ、それは本当」と即答した。

「僕たちも渡りに船だったのは、間違いないいんだけれどね」

「あくまでビジネスとして羅家へコンタクトを取ったら、炎龍の奴が見合いを言い出してきたんだ。向こうも日本へ上陸したいから、西願家との縁組は願ったり叶《かな》ったりだったんだろ」

「でも……」

肝心の相手、彗端は結婚を嫌がっている。

そう言い返そうとしたら、続けて意外なセリフを聞かされた。

「妹の相手に光弥を、と指名してきたのは炎龍自身なんだよ」

「え？」

「本当だぞ。こっちは俺か霧弥かで考えていたんだけど、まぁ俺たちはバツ一だし、先方がぜひにと言うんであれば……って、なぁ？」

同意を求めるように霧弥を見て、尋弥は苦笑いをする。年若い光弥なら与《くみ》しやすいと考えただけかもしれないが、双子の兄たちだってまだ炎龍と同じ歳《とし》だ。容姿・頭脳共に条件でいけば決して悪くはない二人を袖にしてまで、炎龍は光弥を欲しがったことになる。

『光弥、おまえのことは全て知っている。何を好み、憎み、愛しているか』

不意に、耳元で炎龍の言葉が蘇《よみがえ》った。

嗜好品《しこう》の好みまで調べ上げ、その上で自分を選んだ理由はなんだったのだろう。

「とにかく、炎龍の素性はこれでわかったよね。光弥、どうする？」

「もし、おまえがどうしても関わるのは嫌だというなら、俺たちは無理強いしないぞ？」

「霧弥兄さん、尋弥兄さん……」

逆に、光弥は彼らへ問い質《ただ》したい。

実の弟をマフィアの身内にして、本当に心配ではないのかと。特に、この一ヶ月は炎龍の命を狙う輩《やから》が周囲をうろつき、いつ何時襲われるかわからないのだ。

「炎龍は言ってたよ。自分は危険に身を晒されているから、そんな男の元へ弟を寄越すのは兄さんたちが心配するんじゃないかって。でも、最初から知ってたんならお笑い草だよね」

「光弥……」

「炎龍も炎龍だ。白々しいこと言っといて、あいつだって兄さんたちの思惑は承知の上だったんじゃないか。あいつ、僕が真実をどの程度知っているかカマをかけたんだな。くそっ」

ほんの一瞬でも、こちらの事情を慮《おもんぱか》ってくれたのだと思った自分がバカだった。周囲の人間全てに裏切られた気分になり、光弥は悔しさに顔を歪《ゆが》める。

だが、一方でおかしな納得の仕方もしていた。裏社会でトップを仕切る者なら、あれくらい非常識で情緒が欠落しているのも当たり前かもしれない、と。血族で骨肉の争いをし、いつ暗殺されるかわからない状況で生き延びるためには、箱入り息子の機嫌などいちいち気にかけてはいられないのだろう。そういう相手に、人並みな何かを期待する方が間違っているのだ。

「おまえが、僕たちを恨むのはもっともだけど」

「俺たちが、おまえを愛してるのは本当だからな」

沈黙を続ける光弥へ、そこだけは真剣な声音で兄たちが迫ってくる。恐らく、それは本音だろう。やり方はアンフェアだが、光弥は彼らの愛情を疑ったことはない。ただ、今すぐ物わかりのいい顔なんてできないだけだ。

（やっぱり、僕は西願家の駒《こま》にしか過ぎないんだろうか。兄さんたちの手駒の一つに……）

兄たちを説得するつもりが、とんでもない展開になってしまった。

西願家の危機。炎龍の正体。そうして――所詮《しょせん》は駒でしかない自分。

一人で蚊帳《かや》の外に置かれていたことを知り、光弥は果てしなく落ち込んでいった。


やっぱりまずかったよね、と霧弥が浮かない顔をする。

答えを出せないまま光弥が自室へ戻り、書斎には双子と眞行だけが残されていた。

「あ～あ、困ったな。光弥に嫌われてしまったかも」

「最初から、俺は言っていたじゃないか。もし光弥から訊かれても、俺たちは炎龍の正体を知らなかったことにしようって。それを、霧弥が〝いくらなんでも、その嘘は苦しいよ〟なんて言うからだな……」

「だって、そうだろう？　『黒夜』は香港マフィアの一大勢力なんだよ？　そこのボスと縁続きになろうって決めたからには、それ相応の覚悟を僕たちも示しておかないと」

「それで光弥に嫌われたら、元も子もないだろうって話だよ」

「ああ、もうそれを言わないでほしいな」

憂鬱《ゆううつ》そうにやり合った後、二人はどうしたものかと頭を抱える。

もともと、自分たちのどちらかが彗端と結婚すればそれで済むと思った縁談だ。それが、まさかまだ学生の光弥を差し出せと言われるとはあまりに想定外だった。

「〝無理です〟の一言で、終わらせられる段階じゃなかったしね」

「あの時点で炎龍の機嫌を損ねるのは、どう考えても得策じゃなかったしなぁ」

それにしても、と先ほどの光弥よろしく、双子たちは考える。

一体、炎龍は光弥のどこを見込んで、妹の婿《むこ》にと決めたのだろう。

「なぁ、眞行。おまえはどう思う？　この四年間、誰より光弥の近くにいたおまえなら、炎龍が光弥を指名した決め手がわかるんじゃないのか？」

「私……ですか？」

沈黙を守っていた眞行は、尋弥に問われて初めて口を開いた。それまで能面のようだった顔に僅かな感情が表れ、彼がいかに光弥を大事にしているかが窺《うかが》える。

眞行は思慮深い瞳を双子へ向けると、厳《おごそ》かな声音で言った。

「光弥様は確かにお若いですが、その分、思考が柔軟でいらっしゃいます。良い意味で純粋培養と言えますし、両家の橋渡し役としては最適だと評価されたのではないでしょうか」

「なんか、おまえの言い草だと僕たちは不純の塊みたいだね」

「そうは言っていません」

霧弥がふざけて混ぜ返すと、眞行は微《かす》かに微笑んだ。

「ただ、光弥様には育ちの良さからくる魅力があります。彼のためなら何かしてやりたい、と他人を動かせる力をお持ちです。そうは思われませんか？」

「そりゃあ、光弥は可愛いからな」

「私が言ったのは、そういう意味ではありません、尋弥様」

「……冗談だよ」

真顔で反論され、尋弥がひょいと肩をすくめる。

まったく、眞行という男は機械かアンドロイドのようだ。プログラムされているのは光弥のデータだけで、他は無価値とスタンプが押されているらしい。雇い主は俺たちだぞ、と言いたいところをグッと堪《こら》え、尋弥は改めて彼へ話しかけた。

「あのな、眞行。おまえ、心の中では俺たちが光弥に対して薄情だ、とか思ってるだろ」

「そんなことは……」

ありません、と最後まで続けないところに、眞行の本音が隠れている。確かに、いくら西願家のためとはいえ、騙すような形で裏社会の人間との縁組を画策したのだから、そう思われても仕方がなかった。しかし、尋弥は平然とした面持ちで隣の霧弥を見る。

「おまえには言っておくけど、俺と霧弥にとって光弥は特別なんだ。それは真実」

「僕たちは、はっきり言って敵が多いからね。炎龍とはまた別の意味で、財界だって魑魅魍魎《ちみもうりょう》の世界だ。西願家が旧家だからといって、過去の威信ばかりで渡ってはいけない」

後を受けて、霧弥が続けた。二人とも珍しく真剣な口調で、日頃の人を食ったような印象は影も形もない。光弥の前では決して見せないであろう、彼らのもう一つの顔がそこにあった。

「俺たちは、父が傾けた財政を立て直すため、あらゆる手段を使ってきた。光弥は世間知らずだが、バカじゃない。俺と霧弥が外ではどんな顔をしているか、ちゃんとわかっている」

「それでも、あの子は僕たちを責めないんだ。今回のことにしたって、同じだよ。どう見たって手駒にされてる立場なのに、僕と尋弥を恨もうともしない。見ておいで、あの子はすぐに決心を固めるよ。僕たちや西願家のために、立派な駒になろうってね。それが、光弥の矜持なんだ。西願家の末っ子に生まれた、彼の誇りがそうさせるだろう」

「お二人とも……正気ですか」

さすがに眞行は気色ばみ、顔つきに剣呑《けんのん》な色が走る。だが、次の瞬間にはハッとした様子ですぐに口を閉じた。彼を見返す双子の瞳に、並々ならぬ深い決意を見て取ったからだ。

「さっきの話、覚えているだろ？　光弥が独立しようとして、家を出たこと」

「ああいうのって、実は初めてじゃないんだ。僕たちが何かトラブルを抱えると、光弥は自分の咎であるように受け止めてしまう。僕と尋弥が常識から些《いささ》か外れた、合理的で利己主義な人間でいられるのはね、あの子がいてくれるからなんだ」

「光弥様が、貴方たちの聖域であると……？」

「聖域ってのは大袈裟《おおげさ》だけど、ま、ある意味そうとも言えるかな」

尋弥の言葉に頷き、霧弥がうっとりした表情で微笑んだ。

「あの子は、世界でただ一人の僕たちの味方。何があろうと、僕と尋弥を見捨てない」

「霧弥様……」

「わかったか？　俺たちにとって、光弥は単なる弟じゃないんだ。だから、眞行。おまえを、あの子の側近にしているんだよ？」

「…………」

最後の一言に意味深な含みを持たせ、尋弥がニヤリと笑いかけてきた。そうして、この話は終わりとばかりに、いきなり声の調子を普段に戻す。

「要するに、炎龍は光弥自身に興味があるんだな？」

「……そう思います」

仕方なく、眞行も何も聞かなかった顔をした。二人が、ここまで手の内を晒した本当の意味を考えているようだ。それでいい、と胸で呟いて、尋弥はもう一度口を開いた。

「だってよ、霧弥？」

「ふぅん、条件が合っていただけじゃなかったんだ」

「あの野郎、まさか俺たちに対して、弱みを握ったつもりでいるのか？」

「どうだろうね。光弥は諸刃《もろは》の剣だよ。あの子に何かあったら、僕たちを敵に回すんだから」

「まぁ、それはそうか」

二人は顔を見合わせ、炎龍の真意について頭を悩ませる。

自分たちだって、何も好き好んで末っ子を人身御供にしたわけではなかった。光弥の安全はくどいほど炎龍へ念を押していたし、結婚後も『黒夜』へは関わらせない、という約束をしている。それなのに、あの男はあっさり無視をして一ヶ月も光弥を連れ歩くと言い出した。しかも、殺し屋がいつ襲撃するかもしれない時期にだ。

「やっぱり、ちょっと僕たち舐《な》められているかもしれないね、尋弥」

「ああ。どうやら、そうらしいな、霧弥」

「そうなると……これは、由々《ゆゆ》しき問題だよねぇ」

双子たちは、改めて真面目な顔つきになった。

普段は飄々《ひょうひょう》と摑《つか》みどころがなく、美しい外見と軽やかな会話で相手を煙に巻くことが多いのだが、それはあくまで彼らが持つ武器の一つにすぎない。

「これは、近々炎龍に会う必要があるかも」

「光弥に何かあってからじゃ、遅いからなぁ」

二人は互いの目を覗き込みながら、悪意に満ちた微笑をゆっくりと刻んだ。


「で？　今日の目的地はどこなんだよ？　いつものボディガードがいないようだけど」

「リュウトなら、屋敷へ置いてきた。ちょうど、医者が来る日だからな」

数日後。今度は買い物に付き合うよう電話がかかってきて、光弥は休日の朝から炎龍と会っていた。本当は兄たちの話が胸に燻《くすぶ》っていてとても外出する気分ではなかったのだが、渋る光弥へ電話口の炎龍は揶揄《やゆ》を含んだ声で言ったのだ。

『どうした、光弥。私と出かけるのが、怖くなったか?』

冷静になって考えれば、乗せられた気がしなくもない。だが、カチンときた光弥はすかさず『行くよ』と答えてしまった。一度でも炎龍に弱気を見せたら、そこから均衡が破れそうな気がする。しかし、駒には駒なりの意地があった。

「ちょっと待てってば、どこへ行く気なんだ?」

炎龍は途中で車を停《と》めさせ、後は歩くと言って車外へ出る。慌てて後を追った光弥は、今日の彼がスーツ姿なことに心から安堵《あんど》した。一流のブランド店が軒を連ねる通りで、チャイナ服の美丈夫はいくらなんでも悪目立ちすぎる。上品な光沢を放つ黒のスーツを涼しげに着こなした炎龍は、光弥の心情も知らずにさっさと先を歩いていった。

「なぁ、炎龍。単独で出歩いて、本当に大丈夫なのか?」

「案ずるな。奴らも、まさか街中で剣を振り回したりはしないだろう」

「わかるもんか。マフィアのやることは、いつだってムチャクチャじゃないか。一般人が巻き添えになろうがどうしようが、目的遂行には手段を選ばないんだろう?」

「その時はその時だ。屋敷へ閉じこもっていても、爆弾を投げ込まれたらそこまでだからな。

それなら、買い物に出たところで状況は同じだ」

「お、同じじゃないだろっ！」

たった今「一般人を巻き添えに」と言ったばかりなのに、炎龍はまるきり悪びれない。ムキになる光弥を肩越しに振り返り、炎龍はからかうように意地悪く笑んだ。

「対の兄君から、私へ連絡があったぞ。『黒夜』の話を聞いたそうだな？」

「え……」

「光弥がひどくショックを受けているようだと、何故だか私が責められた。どうやら、過保護という噂は本当のようだ。光弥、もう一度訊くが私が怖いか？」

「……怖くない」

考えるより先に、光弥は首を振っていた。そこには意地も見栄《みえ》もなく、ただ正直な気持ちがあるだけだ。腹を立てたり面食らう言動はしょっちゅうだったが、炎龍を怖いと感じたことは一度もなかった。

しかし。

「――愚かな奴だ」

光弥の返事を聞くなり、炎龍は口の中で小さく呟く。

面白がっているのか苛立《いらだ》っているのか、複雑な目の色からは判断できなかった。

「いらっしゃいませ」

炎龍が目指していたのは、都内でも最大手のペットショップだった。入ってすぐのフロアはガラスケースに入れられた犬猫で溢《あふ》れているが、奥にはありとあらゆるペット用の雑貨が売られている。彼は愛想を振りまく仔犬《こいぬ》や仔猫《こねこ》には目もくれず、一種異彩を放ちながら真っ直ぐ首輪の売り場まで歩いていった。

「あの……さ、もしかして今日の用事って……」

「リュウトの首輪だ。血で汚れてしまったから、買い換えようと思っている」

「犬の首輪を買うのに、わざわざ僕を呼びつけたのか？　休日なのに？」

「何を怒っている？　リュウトは、おまえを守ってくれた犬だぞ？」

「それは……そうだけど……」

兄たちの話が本当なら、炎龍は香港マフィアのボスということになる。そんな男がペットショップで犬の首輪を選んでいるなんて、ある意味すごくシュールではないだろうか。

「なんだか、炎龍ってよくわかんないよな」

「どういう意味だ？」

「船上で暴漢に襲われた時は……なんていうか、嬉々《きき》として戦っていたじゃないか。人を傷つけたり血を見ることに、なんの抵抗も感じていない顔だった」

「…………」

「でも、リュウトにだけは甘いだろ。人を使ってもいいのに、直々に首輪まで買いにきて。一体、どっちの顔が本当なんだろうと思って。人間よりも犬の方が好きなのか？」

光弥にしてみれば、自然に湧《わ》いた疑問だった。初対面の時から、リュウトに向ける声や眼差しだけに炎龍の温度を感じる。それだけの愛情を注げる人間が、なんのためらいもなく他人を傷つけられるという事実を、彼は自分の中でどう処理しているのだろう。

「くだらないことを」

数秒の沈黙の後、炎龍は鼻白んだように言い捨てた。今度は、傍目《はため》にもはっきりわかるほど不快を表情に出している。だが、すぐに気が変わったのか、いきなり光弥の顎《あご》を指で摑むと強引に顔を近づけてきた。

「な、何……」

突然目の前に迫った漆黒の瞳に、光弥の鼓動が跳ね上がる。炎龍は何かを探るようにこちらを見つめ、やがてふっと表情を皮肉に歪《ゆが》めた。

「箱入り育ちのおまえには、永遠にわかるまい。『黒夜』を――引いては羅財閥を率いて生きるというのが、どういうことか」

「………」

「人間と犬、どちらが好きかだと？　バカバカしい。人は裏切るが、リュウトが私を裏切ることはない。その違いが、おまえには理解できないのか？」

「人は裏切る……」

「おまえの兄たちだって、そうだろう。口では甘いことを言っていても、西願家のためにおまえを人身御供として私へ差し出した。身内でさえ、平気でそんな真似をする」

痛いところを容赦なく突かれ、光弥の顔からたちまち血の気が引いていく。炎龍には、何もかもお見通しなのだ。あえて「人身御供」という言葉を使い、懸命に駒であろうとする光弥を打ちのめす。悔しいが、返す言葉は何も思いつかなかった。

「……そんな目をするな」

黙りこくる光弥へ、炎龍は不意に態度を軟化させる。顎にかかった指は力強かったが、そこに怒りはもうなかった。凍《い》てついた闇に星はなく、その瞳は溶けない氷のようだ。光弥は真っ直ぐに彼を見返し、なんて悲しい色だろう、と思った。

「笑えるほど、勝ち気な奴だな」

「炎龍……」

「私と視線を交えて逸《そ》らさないのは、怖いもの知らずのおまえくらいだ」

「僕は……確かに、貴方が言うように箱入りだけど……」

震える唇を必死で動かし、光弥は衝動のままに言葉を紡ぐ。

「でも、それならそれで駒に徹するよ。兄たちを恨んだり、裏切られたなどとは思わない。僕は西願家に生まれたことを誇りに思うし、箱入りには箱入りの強さがあると信じている。兄たちの手のひらで踊らされるんじゃなく、自分の意思で駒としての役目を全うしてみせる」

「ほう……？」

「今はまだ、貴方には戯言《ざれごと》にしか聞こえないかもしれない。でも、僕は貴方から逃げたりなんかしない。――絶対に」

「………」

炎龍の目が、冷たい輝きを見せた。

微かに口元へ微笑が生まれ、更に顔が近づけられる。吐息が唇を濡《ぬ》らし、触れ合う寸前までいっても、光弥は身じろぎもせず彼を見つめ続けた。

口づけられる――一瞬、そう思う。

だが、逆らう気は起きなかった。それが自分の決意の証《あかし》になるなら、唇を重ねることくらいなんでもなかった。

「強情だな」

やがて、顎から指を外して炎龍は笑った。触れずに離れていく気配に、ドッと全身の緊張が緩んでいく。光弥はその場にしゃがみ込みそうになり、かろうじてそれを堪えた。

「リュウトは……あれは、私にとって特別な犬だ」

背中を向け、炎龍は独り言のように呟いた。

「この私が、後にも先にも命を救ったのはあれだけだからな」

「命を救った……？」

「おかしいか？」

後にも先にも、という自虐《じぎゃく》的な響きは気になったが、光弥は慌てて首を振る。彼が自主的に自分のことを話すのは、これが初めてだった。

「それじゃ、リュウトを可愛がるのも無理はないよな。あいつも、炎龍には従順だし」

「あれの母犬は、私の父が飼っていた。だが、病弱だったリュウトは生まれてすぐ死ぬと思われていたんだ。未熟児でひ弱で、兄妹犬に妨げられて乳さえろくに飲めなかった」

「それを、炎龍が面倒みたんだ？」

「滅多に起こさない、気まぐれというヤツだ。特に変わった話ではない」

炎龍はそんな風に言うが、恐らく彼にとっては非常に珍しいことだったに違いない。そうでなければ、こんなにもリュウトを可愛がるはずがなかった。

（リュウトだけは裏切らない……か……）

一体、と光弥は切ない思いで呟く。

炎龍という男は、どんな過去を持ち、どんな環境で育ってきたのだろう。

「どうした、光弥。何をボーッとしている？」

「え、あ、な……なんでもない」

いつの間にか、考え事に耽《ふけ》っていたようだ。炎龍の訝《いぶか》しげな声に我を取り戻すと、光弥は急いで笑顔を取り繕った。

「ごめん。えっと、首輪だっけ？」

「おまえがボンヤリしているから、もう選んだ。長居は無用だ。行くぞ」

「あ、ちょ、ちょっと待てよ！」

　ぼんやりしている間に、彼は会計まで済ませていたらしい。店の人間から素っ気なく商品の包みを受け取ると、光弥を顧みることもなく外へ出て行ってしまった。勝手な奴、と胸で毒づき、けれど先日から支《つか》えていたモヤモヤが綺麗になくなっていることに光弥は気づく。炎龍へ切った啖呵《たんか》は、そのまま兄たちへの答えになっていた。

（駒としての役目を全うする――それは、僕が選んだ生き方だ。後悔はしない）

　改めて心の中で呟き、誓いを迫るように近づいた唇を思い出す。さほど混んでいなかったとはいえ、人目のある店内でよくあんな行為ができたものだ。今更のように恥ずかしくなり、光弥は急いで炎龍の後を追った。

「遅い」

　外へ出るなり、無愛想な声で文句をつけられる。待っていたのか、と内心驚いていると、目の前へ小さなリボン付きの包みが差し出された。

「な……何？」

「今日の礼だ。おまえにやろう」

「え？」

「〝絶対に逃げない〟と言った、その覚悟への褒美《ほうび》だ」

「…………」

どこまで上から目線なんだ、と呆《あき》れたが、思いがけないプレゼントに鼓動が明るく撥《は》ね上がる。自分の言葉が彼に届いていたことが、何よりも光弥は嬉しかった。

「……ありがとう」

微妙な照れ臭さを覚えつつ、受け取った包みのリボンを解く。長方形の箱から察するに、ペンか装飾品かもしれない。炎龍の物腰や今日のスーツから趣味の良さは感じていたので、何を貰《もら》っても喜べる自信はあった——が。

「え……」

箱の蓋《ふた》を開けた瞬間、全ての思考が止まってしまう。

あらゆる想像を超越した品が、銀色の内張りの中に収められていた。

「どうだ、気に入ったか？」

「これ……犬用の首輪じゃないかよっ！」

「ああ。最高級の革で作られた、一点物という話だ」

「そ、そういう問題じゃ……」

「おまえの細い首には、よく似合うぞ」

「…………」

最早どこから突っ込んだらいいのかわからず、光弥は目眩《めまい》に襲われる。ほんの一瞬でも、素直に喜んだ自分が愚かだった。炎龍は、決してこちらを対等な相手とは見ていないのだ。

（それにしたって……）

よりにもよって、犬の首輪を贈られるとは思わなかった。

確かに細工は美しく、しなやかな革はエロティックだ。だが、まさか次はこれを付けて会いに来いとでも言う気だろうか。冗談じゃない、と憤然としていると、炎龍は珍しく含みのない声音で低く笑い出した。

「おまえには、冗談も通じないようだな」

「あのな、日本ではこれを冗談とは言わない。〝悪趣味〟って言うんだよ」

「ふん？」

「でも、せっかくだから貰っておく。僕から、リュウトへプレゼントするよ」

光弥がそう答えると、炎龍はもう一度短く笑う。そうして、半ば感心したように言った。

「西願家の駒は、犬の機嫌取りまでするのか」

「素直に〝ありがとう〟って、言えばいいのに」

「減らず口の多い奴だ」

光弥の手から首輪を奪い取ると、炎龍はそのまま歩き出す。道行く人が、彼の持つ独特の存在感に次々と目を留めていった。その中の誰も、自分の見惚《みと》れている男が香港マフィアのボスとは思わないだろう。正体を知らされ、実際に戦う姿を見た光弥でさえ、もう夢のような気がしてきている。

けれど、現実には彼の異母兄が命を狙い、いつ血腥《ちなまぐさ》い場面が展開されてもおかしくなかった。ふと油断した隙に、手前の路地から殺し屋が襲ってこないとも限らない。

「――眞行」

光弥は、身を隠して護衛に来ているはずの眞行をそっと呼んでみた。

返事はなかったが、近くに彼の気配を感じる。炎龍はボディガードもつけずにいるが、万一の時は眞行が働いてくれるだろう。

それなら、自分は――と、光弥は自身へ問いかけてみた。

私の力になれ、と言った炎龍の言葉に、これから応《こた》えていけるのだろうか。

そうあってほしい、と願う心には、見えない首輪がつけられているような気がした。

# 3

食後のグラッパを味わう炎龍《イエンロン》へ、険しい眼差しが向けられる。相手が一人ならまだしも二人となると、鬱陶《うっとう》しさは倍増どころか四倍、十二倍にも感じられた。

「なんなんだ、さっきから。せっかくの食事の余韻《よいん》が台無しだ」

ウンザリしながらそう言うと、丸テーブルの左右から待ってましたとばかりに返事がくる。

「別にいいんじゃない。今夜は、食事のために君を誘ったわけではないんだし」

「そうそう。なんなら帰ってから、餃子《ぎょうざ》でも小龍包《しょうろんぽう》でも好きなだけ食べればいい」

「そこまで言うなら、さっさと本題を切り出せ。有閑紳士と無駄話している時間など、私にはない。もっとも、おまえたちの話題は聞かずともわかる。どうせ光弥《みつや》のことだろう」

「その通り。〝どうせ〟光弥のことなんだよ」

二人は声を揃えて嫌みったらしく答えると、それぞれのグラッパを平然と飲み干した。四十度のアルコールを水のように流しこみ、彼らはにっこりと優美に微笑みかけてくる。さすがの炎龍も気味の悪いものを感じ、やれやれと胸の中で呟いた。

西願家《せいがん》の双子に招待され、個室を借り切ったイタリアンレストランへ来たのは、光弥へ首輪を贈った次の日だった。舌の肥えた彼らが贔屓《ひいき》にしているだけあり、古い洋館を改装した店は雰囲気も味も文句のつけようがなかったが、やはりホストにだけは大きな難がある。

(こいつらとの会食では、どんな一流店だろうと魅力は半減だ)

食えない、油断ならない、紳士の皮を被《かぶ》った策士と暴君。

香港で初めて二人に会った時から、炎龍の抱いた印象は変わらなかった。

一見、育ちの良い青年実業家のようだが、身内にはとことん甘く他人には徹底的に厳しいその切り替わりが、対の彼らを歪《いびつ》な生き物に見せている。

「炎龍、君は僕たちの大事な弟をなんだと思っているのかな？」

「見合いの話をまとめた時、俺たちに言ったよな？　光弥には、掠《かす》り傷一つつけないと。あれ、ちゃんと守ってくれているのか？」

表情はあくまでにこやかだが、その語り口にはさりげない棘《とげ》が含まれていた。まして、同じ顔から立て続けに浴びせられると、さすがの炎龍も困惑を覚える。

「怪我はさせていない」

「ふぅん……そういうことを言うんだ」

「ま、上手《うま》く立ち回ってくれよ。間違っても、船上での二の舞が起こらないように」

「そうだね。あれは、こちらとしても予想外だったよ。まさか、『幻《ファン》』の刺客が乗船していた

なんて。君のところの人間も、実に大きな見逃しをしてくれたものだ」

「天下の『黒夜』も、噂ほどじゃないってことか」

不機嫌な微笑はそのままに、霧弥《きりや》と尋弥《ひろや》は攻撃の手を緩めない。

もし、炎龍の側近がこの光景を見ていたら、いつ彼らが逆鱗《げきりん》に触れるかと気が気ではなかっただろう。炎龍は決して短気ではないが、自分を侮辱する者、軽んじる者に対しては容赦がない。しかし、霧弥たちが裏社会の住人ではなかったことが幸いしたのか、特に激昂《げっこう》したりはせずに、存外おとなしく話を聞いていた。

（まったく……。こいつらは、よほど末っ子が可愛いと見える。この私を呼びつけて、わざわざ釘を刺してくるとはな）

光弥と彼らでは、同じ血が流れているのが不思議なほど何もかもが違う。だからこそ大事でたまらないのかもしれないが、その一方で双子は目的のために弟を利用しようとした。そのアンビバレンスな愛情は非常に興味深いが、それだけに光弥の扱いには注意が必要だ。

（ただでさえ食えないのに、光弥が絡むと毒の濃度が増すからな）

正直に言えば、彼らの気持ちはわからなくもなかった。光弥は突けば突くほど意外な面を見せ、炎龍を少しも退屈させない。初めは単なる苦労知らずの坊ちゃんかと思っていたが、想像以上の拾い物だったようだ。しかし、加減を忘れて面白がっていると、彼の後ろにいる対の兄たちが少々厄介になってくる。

「ところで」

不意に口調をフラットにして、霧弥が話題を変えてきた。

「こちらで調べたところ、君の異母兄はやっぱり『幻』と手を組んだみたいだね。自分の手を汚さずに、邪魔な異母弟を消してしまおうっていうところかな」

「でも、殺すにしたって日本ではもうちょっとスマートに事を運ぶべきだよな。少なくとも、俺や霧弥なら船上での立ち回りみたいなデメリットの多い方法は取らない。第一、揉み消しが面倒じゃないか」

「そんなこと、彼らは考えてないんじゃない？　ほんと、大陸的な大らかさだなぁ。歌舞伎町《かぶきちょう》辺りで一時期中国マフィアが大暴れしてたけど、それと大差ないよね。ヤバくなれば、すぐ海外へ逃亡すればいいと思ってるようだし」

「ま、『幻』は香港マフィアの中でも、武闘派を名乗る連中だしな」

いつしか二人は炎龍を放って、ああだこうだと勝手な理屈を並べ立てている。だが、満更その内容は外れてもいなかった。かねてより対立していた『幻』と『黒夜』は、炎龍が羅一族の総帥に収まったことで大きく勢力図が塗《ぬ》り替えられようとしていたからだ。

「異母兄の後ろ盾が『幻』だということは、あらかじめ予測できていた。華僑で羅《ロー》一族に逆らおうとする連中など、他にはまず考えられないからな。大方、私を暗殺した後は異母兄が『黒夜』を一掃し、代わって『幻』に美味い汁を吸わせる密約でもしているんだろう」

「なんだ、ちゃんとわかっているんじゃない」

ようやく口を開いた炎龍に、霧弥の視線が移された。

「僕たちにとっても、『幻』は頭の痛い存在なんだよね。何せ、ライバルのPグループと繋《つな》がっているのもそこなんだし。お陰で、アジアで展開中の事業は大ダメージだよ」

「『幻』は、暴力に物を言わせるからな。日本進出後は、こっちのヤクザともやり合ってる」

「だが、自滅を待つには時間がかかりすぎる——そうだな？」

「………」

炎龍の核心を突く一言に、双子はやっとその口を閉じる。

彼らは光弥の話から、カフェでお茶を飲んだり買い物へ出たりという、平和そのものの炎龍の生活に些か不審を抱いていたのだろう。微かな期待が眼差しに込められ、続く言葉を待っているのがわかる。

「おまえらが案じなくても、『幻』の情報はこちらでも着々と集めている」

炎龍はテーブルを人差し指で叩《たた》くと、グラッパの二杯目を注文した。

「奴らは、私の妹を拉致した。命に別条がなかったとはいえ、絶対に許しはしない」

「炎龍……」

「その代わり、おまえたちも忘れるな。私が『幻』を潰した後は、光弥を羅家の一員として貰い受けるぞ。あれは、勝ち気で手を焼くがなかなか面白い」

「それは……君の妹と婚約が成立すればね」

「おまえ、ちゃんと説得は続けているんだろうな？」

　一方的に言われっ放しでは悔しいのか、二人は悪あがきめいたセリフを返してくる。炎龍は意地の悪い笑みで彼らを見返し、新しいグラッパを一息で呷った。

「駒に徹すると、あいつは私へ断言したぞ」

「え？」

「自らの意思で、駒としての役目を全うするんだそうだ。口先だけの決意ではない証拠に、私から一歩も引かなかった。対の兄君は、良い弟をお持ちだな」

「………」

　双子は言いかけた言葉を飲み込み、互いに顔を見合わせる。

「へぇ……驚いた。まず、君へそう言ったんだ」

「俺や霧弥を差し置いて……ねぇ。光弥の奴、可愛くないな」

　どうやら、彼らは決意表明を後回しにされたことで嫉妬《しっと》しているようだ。その表情にいたく満足し、炎龍は胃を焼くアルコールの感触に微笑んだ。

「なんだよ、その顔。ずいぶんと意味深だね」

「まさか、妹じゃなくおまえが光弥を欲しいとか言い出すんじゃないだろうな」

　嘲笑《ちょうしょう》を含んだいつもの微笑とは違う顔を、二人は目敏《めざと》く見抜いて突っ込んできた。炎龍は内心愉快になり、「何故、そんなことを思う?」と問い返す。

「裸に剝《む》いたことはないが、光弥は正真正銘、男だろう?」

「そんなの、手を出さない理由にならないよ」

「どうしてだ?」

「決まってるじゃないか。光弥は綺麗なんだから」

「…………」

今度は、炎龍が絶句する番だった。

弟可愛さもここまでくると異常を通り越して見事だ、と思ったが、しかし彼らの言い分を否定する気にならないのもまた事実だ。

(確かに、光弥の容姿は悪くない。だが、あれ以上の美形は男女問わず幾らでもいるし、特に珍しいわけではない……が……)

それでも、何故だか光弥が『特別』だと言い張る双子は正しい気がする。世間知らずな分、恐れず相手の本質を見ようとする眼差しや己の立場から逃げまいとする潔さは、炎龍が今まで出会ったことのない異質な存在だった。自分を黒にたとえるなら、光弥はどんな色をも撥ねつける白だ。相容《あいい》れることはないが、決して無視はできない。

(もしかしたら、リュウトはその辺を初めから感じ取っていたのかもしれないな)

何者にも慣れることのない飼い犬が、唯一触れるのを許した相手だ。炎龍は光弥へ贈った首輪を思い出し、あのまま預けておけば良かったと思った。

「あ、なーんか嫌な予感……」

「霧弥、俺たちひょっとして藪蛇《やぶへび》だったんじゃないか？」

もっとも危険なのは、『幻』でも異母兄でもない。

今、目の前にいるチャイナ服の異国人だ。

双子がそのことを痛感するのに、そう時間はかからなかった。


同じ頃、西願家の屋敷では光弥が眞行《しんぎょう》と夕食を取っていた。

「……眞行」

「なんでしょうか」

「頼むから、もう少し美味《おい》しそうに食べてくれ。なんだか、僕まで食欲がなくなってくる」

ナイフとフォークを動かすのを止め、光弥は上目遣いに眞行を見る。自分は使用人だからと固辞するのを無理やり同席させたのはいいが、堅苦しいスーツ姿に相応《ふさわ》しい仏頂面で彼は黙々と出された料理を食べるのみだ。食事を楽しくさせる会話や、同じ時間を共有する連帯感などを期待した自分が間違っていたか、と光弥はそっと溜め息をついた。

「……申し訳ありません」

「え?」

「こういう時、どんな態度で光弥様を楽しませればいいのか、私にはわかりません」

「眞行……」

気まずげに詫《わ》びる顔は、驚くほど赤くなっている。日頃は感情を表さず、兄たちからは「何を考えているかわからない」と不評な能面《のうめん》面だが、それだけにギャップが激しくて光弥は可笑しくなってしまった。

「笑わないでください。私は真面目に……」

「うん、わかってる。でも、眞行やっぱり可笑しいよ。いつも、そんな風に感情が出ていればいいのに。おまえは顔立ちが整っているんだから、屋敷のメイドでも憧《あこが》れている子は多いんだよ? ほんの少し笑うだけで、何人の女の子が落ちるかわからないのに」

「私がここにいるのは、女性を口説くためではありません」

ナプキンで口元を拭《ぬぐ》い、彼は困惑気味に答える。食器を下げにきた若いメイドが笑いを堪えているのを見て、ますます困っているようだった。

(こういう顔を見ると、最初の頃を思い出すけどなぁ)

眞行と光弥が初めて出会ったのは、もう四年も前のことになる。

当時、高校へ入学したばかりの光弥は兄たちが勧める車での送迎を断り、徒歩と電車で通学を始めたばかりだった。中学までは車だった反動で何もかもが新鮮で、ラッシュでさえ目を白黒させつつも楽しくて仕方なかったほどだ。

『危ない！』

ある時、地下鉄のホームを歩いていて、走ってきたサラリーマンにぶつかられた。何か急ぎの用事でもあったのかかなりの力で衝突し、不意を食らった光弥はそのまま線路へ落ちそうになる。その身体を、背後から強く抱き止めた者がいた。

『大丈夫ですか？』

『あ、ありがとう……ございます……』

逞《たくま》しい腕にドギマギしつつ、光弥は顔を上げて相手を見る。予想に反して理知的な印象の、質素だが仕立てのいいスーツを着た青年がそこにいた。

『気をつけた方がいい。ホームの端は歩くなと、注意をされませんでしたか？』

『すみません……』

『あ、いえ、私は怒っているわけでは……』

光弥が素直に謝ると、相手まで恐縮して顔を赤らめる。見た目は隙のない男前なのに、どこか不器用な表情は逆に好感が持てた。

『では、失礼します。くれぐれも――お気をつけて』

青年は名乗らずにその場を去り、彼のことは日常の一コマとして記憶するに留まった。まさか、それから程なくして再会を果たすとは、その時は夢にも思わなかった。

（あれは、確か夏休みの少し前だったな。雨上がりで、アスファルトが濡れていたっけ）

一人の通学にもだいぶ慣れ、高校生活も板につき始めた頃に事件は起こった。

西願家の広大な敷地はぐるりと高い塀に囲まれ、その近辺は今も昔も住宅はまばらだ。都心の一等地にしては人口密度が低く、プライバシーを充分に保てる利点はあったが、やはり陽《ひ》が落ちると少々心細い。そういう環境だからこそ車で送迎が行われていたのだが、警官による定期的な巡回もあるので、本気で不安を感じたことなど一度もなかった。

だが、その日は違った。

学校の用事で帰宅が極端に遅れた光弥は、人気《ひとけ》のない通りを足早に急いでいた。この辺りは高級住宅街なのでどの家も塀が高く、道端で立ち話をするような住人も見かけない。足元がだいぶ暗くなっていたため、昼間に降った雨の水溜《みずた》まりへ靴を突っ込み、逸《はや》る心とは裏腹に光弥は何度も足を止めた。

『ああ、もう。下ろしたてなのに』

小さく毒づき、ふっと異様な気配を感じる。

速度を極端に落とした車が、ジリジリと近づいてくる音だった。

『まずい……かも』

俄かに緊張が全身を包み、喉が激しく渇いてくる。以前から、兄たちにはくどいくらいに注意を受けていた。西願家の名前がある以上、常にどこかで誰かがおまえを見ている。身に覚えのない恨みや、欲望の対象にされる可能性も低くはない。だから、身辺には注意しろ――と。人は金や権力のために、いくらでも狂えるのだから、と。

どうしよう、と動揺を抑えつつ考えた。背後の車は、明らかに自分を標的にしている。走り出したところですぐ捕まるだろうし、この通りには身を潜める路地もない。

落ち着け、と己へ言い聞かせるものの、何もいい案は思い浮かばなかった。せいぜい、鞄《かばん》を振り回すくらいしか反撃の手立てはない。携帯で誰かと連絡を取ろうかと思ったが、張り詰めた空気を揺らすのが怖かった。

――その時。

『んぐ……っ』

突然、背後から伸びてきた腕が光弥を羽交い絞めにする。同時に口元へ布を当てられ、恐怖に身が竦《すく》んだ。とりあえず悲鳴を封印し、強引に車へ乗せようというのだろう。車にばかり気を取られていたが、それ以外に徒歩でも後をつけられていたらしい。

『んむ……んんん……』

光弥は、必死で抵抗した。相手の腕に爪を立て、凄《すさ》まじい勢いで足をばたつかせる。自分を捕えているのは一人だったが、車の窓を開けて誰かが何か早口で叫んでいた。

『むむっ……ぅむ……』

暴れたせいで、段々息が苦しくなってくる。布でしっかりと鼻と口を塞《ふさ》がれ、空気を求めて更に激しくもがいた。相手は反撃など物ともせず、光弥を車へ連れ込むため力任せに引きずり始める。濡れたアスファルトで飛沫《しぶき》が撥ね、新品の革靴がずぶ濡れになった。

『む……く……っ……』

『何をしている!』

もうダメだ、と観念しかけた時、聞き覚えのある声が耳へ飛び込んできた。光弥はパッと瞳を開き、こちらへ駆けてくる人影を認める。それは、いつぞや駅のホームで助けてくれた青年の姿だった。

『んんん——ッ!』

『チッ』

助けを求めて精一杯暴れると、耳元で舌打ちが聞こえてくる。だが、次の瞬間、目の前まで駆けつけた青年が光弥を捕えていた男を素早く殴り飛ばした。

『助けて!』

自由になった途端、光弥は叫ぶ。青年の拳《こぶし》は綺麗に男の顔面に決まり、その手が離れた隙に必死で逃げ出した。そのまま青年の後ろへ回り、ギュッとスーツにしがみつく。肩越しに柔らかく笑む気配がして、『大丈夫ですよ』と場違いなほど優しい声がかけられた。

『怪我はしていませんか? どこか痛むところは?』

夢中で光弥が首を振ると、彼は安堵したような息をつく。しかし、まだ安心はできなかった。相手は一人ではなく、車中の人間も含めて複数いる。

『野郎……』

思わぬ邪魔者の登場に狼狽《ろうばい》し、車から三人の男たちが降りてきた。いずれも一目で暴力団関係者とわかるような、崩れた格好と剣呑な空気を孕《はら》んでいる。中には、こん棒のような武器を手にしている者もいた。青年は光弥の前へ右腕を伸ばし、男たちを睨《にら》みつける。

『合図をしたら、走ってください。どこか、助けを呼べるところまで』

『そんな、貴方はどうするんですか！』

『私のことなら、心配には及びません。幸い、相手は四人しかいない』

『幸い……って……』

四対一、というのは、はたして「幸い」と呼ぶべき事態だろうか。戸惑う光弥へ青年は控えめに笑いかけ、『早く行きなさい』と促してきた。

『ダ……ダメだよ、そんなの……』

反射的に、光弥は強く拒絶する。男たちは優勢と見て取ったのか、うすら笑いを浮かべながら少しずつこちらとの距離を縮めてきた。青年に殴られた男もヨロヨロと起き上がり、路上へ折れた歯と血をぺっと吐き出す。その目は憤怒と憎しみに燃えていた。

『相手、四人だよ。本気で勝てると思ってるの？』

『素人《しろうと》は、何人集まろうと素人です。数の問題ではありません』

『貴方は違うの……？』

『違います』

『じゃあ……勝てるんだね？』

『下がって！』

　彼が答える前に、一人が奇声を上げて殴りかかってくる。敏捷《びんしょう》な身のこなしで拳を避け、青年は相手の脇腹《わきばら》へ右から強烈な蹴りを入れた。ぐほっと嫌な声を出し、男はもんどりうって地面へ吹っ飛ばされる。それを見た光弥は、瞬時に心を決めた。

『貴方が言うなら、貴方を信じる。僕は逃げずに、最後まで見届ける！』

『何を……』

　次の一手を紙一重でかわし、彼は驚いた様子でちらりと見る。振り下ろされたこん棒を避けながら、咎めるような目つきで『早く行きなさい！』と声を荒げた。

『巻き添えになったら、どうしますっ？　言うことを聞きなさい！』

『嫌だ！』

『な……っ』

『貴方が言ったんだ、絶対勝てるって！　それなら、僕はここにいたって安全だろう？　貴方は、きっと僕に掠り傷一つ負わせない。それを信じるよ！』

『………』

絶句する青年へ、再びこん棒が振り下ろされる。驚くべき反射神経でそれを摑み、彼はこん棒ごと男を地面へ叩きつけると、その腹へ手刀をめり込ませた。一連の動きには一切の無駄がなく、「素人ではない」という言葉が見事に証明されていく。光弥は邪魔にならないよう数歩後ずさると、青年に向かってもう一度口を開いた。

『連中が醜く地面へ這《は》いつくばる姿を、僕はここで見ている。僕を攫《さら》ってどうするつもりだったのかは知らないが、そんな輩がどんな運命を辿《たど》るのかしっかり見届けておく義務がある』

『義務……』

『僕は――西願光弥だから』

『西願……光弥……』

『……終わったね』

光弥の言葉通り、最後の一人は顎を砕かれ、口から血を溢《あふ》れ出してのたうちまわっている。けれど、青年は髪の毛一本、息一つ乱してはいなかった。

『まいったな……』

やがて、困惑した様子で彼が呟きを漏《も》らす。光弥は青年へ頭を下げ、「ありがとう」と感謝を述べた。それから血反吐《ちへど》を吐いて悶絶《もんぜつ》する男たちに視線を戻し、目を逸らすまいと努力する。

生まれて初めて見る、凄惨《せいさん》な光景。

これを、長く記憶に留めておこうと心に誓う。自分がいつ何時こういった事態に巻き込まれるかわからない、その覚悟を作っておかねばならないと思った。

『強情を張るのも、大概になさい』

溜め息をつき、青年は厳しい声を出す。

『巻き添えで怪我でもしたら、どうするんです』

『でも、僕は……』

『え?』

『貴方が、必ず僕を守ってくれると思っていたから』

『………』

二回しか会ったことのない、数えるほどの会話しか交わさない相手。

それなのに、光弥は不思議な確信を抱いてそう答えた。

『それは……その通りですが……』

『でも、凄《すご》い偶然だよね。ここへは、何か用事で?』

『知人が、近所に住んでいるんです。久しぶりに訪ねようとして、道に迷ってしまいました。この時間は、ほとんど人通りがなくなるので困っていたところです。そうしたら……』

『僕が拉致されかけていた?』

『ええ、凄い偶然です』

先刻のセリフを、今度は青年が笑って口にする。他愛もない質問には淀《よど》みなく答えられるのに、光弥が真っ直ぐ信頼を向けただけで照れたように押し黙ってしまう。そんなギャップに好感を抱き、光弥はようやくまだ彼の名前さえ訊いていないことに気がついた。

（その時の活躍が元で、兄さんたちが僕のボディガード兼世話係に雇ったんだよな）

当時、二十六歳だった青年は眞行信敬《のぶたか》と名乗った。元はアメリカの警備会社で要人警護に就いており、退職して帰国したばかりだという。以来四年間、彼は西願家に住み込みで光弥の側に控え、影となって働いていてくれている。自分のような若輩者には勿体《もったい》ない人材だと、常々光弥は思っていた。

「なんですか、私の顔をジッと見て」

居心地が悪そうに、眞行がやんわり抗議する。食後のコーヒーを飲み、すっかり寛《くつろ》いだ気分でいた光弥は、彼がごくたまに見せるこういう綻《ほころ》びが好きだった。

「うん……眞行といると安心するな、と思って」

「それは、どういう意味でしょうか」

「最近、疲れる男と一緒にいることが多いせいかなぁ」

そう言って脳裏に思い描いたのは、言わずと知れた炎龍だ。未だかつて、あそこまで不遜で傲慢《ごうまん》な男など光弥は会ったことがない。せめて、リュウトに見せる十分の一でも優しさが感じられたら、また感想も違っただろうに、と残念に思った。

「炎龍様と話されている光弥様は、さほど不快そうには見えませんが」

「え……?」

意外な言葉に驚く光弥へ、眞行は柔らかく微笑みかける。喜怒哀楽をほとんど表へ出さない彼の、光弥だけが見ることのできるささやかな特権だ。

「眞行……?」

「嘘ではありません。私の目には、お二人とも楽しそうに映りました。肉親間での謀略や血腥い陰謀が、背後にあるとは思えないほどに」

「そんな……こと……」

眞行がわざわざ気休めや嘘をつくとは思わなかったが、弱々しく光弥は抵抗する。

だが、ペットショップで交わした会話や、触れるほど近づいた唇の温度は、決して不快なものではなかった。腹の立つことも多いが、では嫌いかと問われれば答えに窮してしまう。炎龍との距離は、そんな風に光弥を惑わせることが増え始めていた。

「眞行、おまえはどう思う?」

思いあぐねて、光弥は迷いの矛先を眞行へ向ける。

「炎龍という男は、信頼してもいい人物だと思うか?」

「生憎ですが、私には意見する資格がありません」

「じゃあ、僕の恩人という立場で話してほしい」

「…………」

「僕は、眞行の言うことなら信じるから」

貴方を信じる、と言い切った時の瞳そのままに、真っ直ぐ光弥は彼を見つめた。

眞行はしばし沈黙し、気圧《けお》されたように瞬きをくり返す。その顔には複雑な想いが交差し、彼が何を言い出すのか少しも見当がつかなかった。

「私は……」

ようやく絞り出された声音は、まるで別人のように聞こえる。

「私は――光弥様に従うまでです。貴方が騙される時は私も一緒に、貴方がどこかへ行かれる時は、たとえ地の果てだろうとお供します」

「…………」

「すみません、今はこれしか言えません」

苦しげに目を伏せ、彼は光弥からの追及を避けるように急いで席を立った。

# 4

(おかしいな、時間通りなのに)

光弥《みつや》は携帯で時刻を確認し、ついでにメールや着信がないことも確認する。ペットショップの日から一週間、炎龍《イエンロン》からは何も連絡がなかった。妹の説得に設けた期限は一ヶ月なのでまだ日があるとはいえ、こんなに間が空くと真面目にやっているのかと疑いたくなってくる。前期試験の勉強に励む身としてはむしろ好都合なはずなのに、光弥は自分でも不思議なほど苛立《いらだ》っていた。

その炎龍から、呼び出しがかかったのは昨晩のことだ。

指定されたのは、東京《とうきょう》の外れにある現代アート専門のM美術館だった。

『今度は美術見学か。なぁ、本当に日本でビジネスをしているのか？』

呆《あき》れる光弥へ、電話口の炎龍は意味深な笑いを漏《も》らす。そうして、いつもの偉そうな口調で『いいから来い』と命令した。

『今度は遊びではない。れっきとした仕事だ。約束通り、私の力になってもらう』

『仕事？　美術館で？』

腑《ふ》に落ちないものを感じたが、炎龍はそれ以上の説明はせずに電話を切る。部外者にはあまり内情を話したくないのかもしれないが、仕事の中身がわからないのにどうやって役に立てというのか、と光弥は理不尽な思いにかられた。

（やっぱり、いないよな……）

M美術館には初めて来たが、周囲を雑木林に囲まれた小規模な建物で、どこかの財団が設立したと聞いている。無料の常設展示の他はさほど目玉になるようなイベントも行っていないため来場者は少ないらしく、平日ともなればロビーに人影さえ見当たらなかった。

（いや、でも少し変だ。受付にも誰もいなかったし）

出入り口の扉が開いていたので入ってきてしまったが、いくらなんでも館員が一人もいないのはおかしい。それとも、小さな美術館とはこういうものなのだろうか。

おかしいと言えば、炎龍もまだ現れてはいなかった。今まで二回外で会ったが、いずれも彼の方が先に来て「遅い」と文句をつけられたので、そこにも光弥は違和感を覚える。

（どうしたんだろう。遅れるなら、連絡くらいあってもよさそうなものなのに）

もしや、と嫌な想像が頭をよぎった。

船上の見合い以降、平和な日が続いて気が緩んでいたが、どこかで襲撃された可能性だってある。あのまま何もないわけがないし、炎龍は外出時にリュウト以外のボディガードを伴わないので、襲うチャンスはいくらでもあった。

（まさか……な。あの男が、そんな易々《やすやす》とやられるわけがない……）

一瞬冷や汗が出たが、「落ち着け」と光弥は己へ言い聞かせる。いつものように眞行《しんぎょう》が控えていれば調べてもらうこともできたのだが、生憎《あいにく》と今日に限って彼は行動を別にしていた。なんでも、兄たちに頼まれた用事でどうしても断れなかったらしい。

（しょうがない。もう少し待ってみるか）

不吉な予感を打ち消し、改めて周囲を見回した。ガラス張りのロビーには休憩のためのソファが点在しており、その内の一つに腰を下ろす。携帯へ電話してみようかとも思ったが、なんとなくこちらから連絡するのは癪《しゃく》だったので止めておいた。

（あと十分。それで来なかったら、もう帰ろう）

彼の力になるのはやぶさかではないが、もともと自分たちの立場は対等なはずだ。炎龍の傲《ごう》岸不遜《がんふそん》な性格にはだいぶ振り回されているが、一から十まで言いなりになる必要などない。

（そうだよ。大体、この見合いが壊れたら羅家《ロー》にとっても痛手じゃないか。お互いの利害が一致しているんだから、あいつだってもうちょっと神妙な態度に出るべきだ）

それにしても、とイライラしながら時刻を確かめる。約束の三時から、すでに一時間が経過しようとしていた。

「もしもし。恐れ入りますが、今何時になるでしょうか？」

「え？」

突然頭上からかけられた声に、ハッとして顔を上げる。四十代半ばと思《おぼ》しき、ポロシャツにズボンという地味な出で立ちの男性がにこにこと愛想よく笑っていた。

「ああ、すみません、いきなり。私の腕時計は、どうも狂っているようでしてね。館員に尋ねようと思っても、どこでサボっているのか誰も見当たらないんですよ。困ったものです」

「そうですか。もうすぐ四時になるところですよ」

にっこりと愛想よく答えると、男性は「四時……」と口の中で反芻《はんすう》する。閉館時間は五時なので、展示物を見るならそろそろ急いだ方がいい時刻だ。

「そうですか。ありがとうございました」

「お待ち合わせですか？」

「ええ、まぁ……そんなところです」

曖昧《あいまい》な返事をする男性は、気づけば右手で杖《つえ》をついている。光弥は急いで立ち上がると、ソファへ座るように促した。

「あの、良かったら座ってください」

「いえいえ、よろしいんですよ。椅子《いす》なら、他にもたくさんあります」

「でも……」

「人を見かけで判断しちゃいけません」

ふっと、男の口調が変化する。

底冷えのする冷たい声音に、光弥の本能が危険信号を鳴らした。反射的に彼から離れようとした途端、左の手首を恐ろしい力で捩《ねじ》あげられる。思わず痛みに声を出しかけたが、素早く杖で喉《のど》を締め上げられ、それも儘《まま》ならなかった。

「西願《せいがん》光弥だな」

「え……」

「いや、返事の必要はない。おまえの顔は確認済みだ。さてと、それじゃ仕事にかからせてもらうとするか」

「…………」

仕事、という事務的な単語に肌が総毛だつ。単なる脅《おど》しではなく、相手が殺意をもっていることを直感したからだ。

「どうして……」

切れ切れに問いかける声は、喉に張り付いて上手《うま》く発音できない。小刻みに震え出した指先が、これは現実だと訴えていた。

「何故《なぜ》……なんだ。どうして、僕を……」

「恨むなら、おまえを利用した炎龍を恨め。もっとも、あいつも今頃は我々の仲間にいたぶられている頃だ。ここに目をつけたのは褒《ほ》めてやるが、少々計画が無謀すぎたな」

「目をつけた……？　なんの……ことだ？」

「今更、しらばっくれなくてもいい。おまえがここにいることが、何よりの証拠だ」

「証拠……」

男のセリフは、わけのわからないことだらけだ。美術館で落ち合うのは「遊びではない」と炎龍に言われたが、一体なんの計画に加担させられたのかさっぱり理解できなかった。

だが、一つだけはっきりしていることがある。

このままでいたら、間違いなく殺される、という事実だ。

（こいつ、仲間が炎龍をいたぶっているって言ってたな。でも、あいつがそう簡単にやられるわけがない。あの男は、僕のところへきっと来る。信じるんだ）

恐らく、この男も異母兄の雇った人間だろう。近くに人の気配はないが、他に仲間がいないとも限らない。下手な抵抗をすれば死期を早めるだけだし、どうするのが最善の手か、光弥は必死になって考えた。

（炎龍は、どうして僕をここへ呼んだんだ？　この美術館には、一体何があるんだ？）

喉仏を杖で圧迫され、息苦しさに視界が狭《せば》まる。酸素不足で思考がまとまらず、こんな時に眞行がいれば、と歯がゆく思った。炎龍が早く駆けつけてくれればいいが、自信たっぷりな男の口ぶりからだと相当な人数が刺客として放たれたようだ。無事に潜《くぐ》り抜けるにしても、時間はかなりかかるだろう。

(それまで……この状態じゃもたないよな……)

　基本程度の護身術であれば、眞行から手ほどきを受けている。だが、その程度では男に通用するとは思えなかった。突破口を求めて霞《かす》む視界に目を凝らしたが、ガラス窓の向こうに広がる雑木林が別世界のように映るばかりだ。

「無駄な悪あがきはしない……か。金持ちの坊ちゃんのくせに、修羅場慣れしているな」

　男は揶揄《やゆ》するような口をきき、どういうわけかそろそろと杖を下ろす。直後にドッと空気が肺へ流れ込み、光弥は手首を捩られたまま激しく咳《せ》き込んだ。

「炎龍のことが、心配か？」

「…………」

「安心しろ。奴は、もうじき仲間の襲撃を振り切ってここへ来る」

「え……？」

　意外な言葉に振り返り、男をまともに睨《にら》みつける。光弥の反応に気を良くしたのか、相手は勝ち誇った様子で低い笑い声を上げた。

「何故、とどめを刺さずに逃がすかわかるか？　我々の依頼人は、相当頭にきているらしい。おまえが奴のお気に入りと聞いたんで、その死に様を見せつけるためにだよ」

「何……」

「おまえを目の前で殺し、奴が絶望と屈辱にまみれたところで息の根を止める。悪くはあるまい？　おまえだって、死に甲斐《がい》があるだろう？」

「炎龍が……絶望と屈辱に……」

咄嗟《とっさ》に、そんなことはあるまいと光弥は思う。悦に入っている男には悪いが、炎龍が他人の死で動揺するとはとても考えられなかった。もし、本当にそんなことがあるとしたら、自分よりもリュウトを狙《ねら》った方がよほど効果があるだろう。

（こんな時でも犬以下なのか、僕は……）

客観的事実に憤慨し、逆に「死んでたまるか」と強く思う。炎龍がひと欠片《かけら》も傷つかないのなら、それこそまったくの犬死にだ。

「さっき、四時と言っていたな。では、炎龍がここへ来るのは時間の問題だ」

「く……」

「その目は、まだ諦《あきら》めていないのか。ほう、見上げた根性だ」

嬲《なぶ》り甲斐があると思ったのか、男はニヤリと片頬《かたほお》を歪《ゆが》ませる。彼が杖の上部を左手一本で器用に回すとスルリと下半分が抜け落ち、仕込まれた刀剣が姿を現した。

「それでは、奴が到着する前に下ごしらえでもしておくか」

「な……」

「血染めの姿で助けを求めている方が、盛り上がるってもんだろう？」

斬《き》られる、と思った瞬間、船上での一幕が蘇《よみがえ》る。

自分を抱き締め、守りながら舞うように暴漢を片付けた、炎龍の温《ぬく》もりが恋しかった。

「気の毒になぁ。あいつに関わらなければ、もう少しは長生きできたのに」

「やめ……」

「綺麗《きれい》な顔には、さぞ傷が似合うだろうよ」

「――――！」

砥《と》いだ刃が水平に左頬へ当てられ、ゆっくりと引かれていく。刃先の触れた場所に痛みが走り、一筋の血が流れていくのがわかった。光弥は男のほくそ笑む気配に嫌悪し、同時に深い焦燥にかられる。落ち着け、といくら胸でくり返しても、もう音の羅列にしか思えなかった。

――と。

「妙だな……静かすぎる」

不意に、男が小さく呟《つぶや》いた。刃の動きが止まり、血の滴《しずく》が首筋から鎖骨へ伝わっていく。重苦しい沈黙の下、何が気になるのか男はしきりと周囲へ視線を巡らせ、ごくりと唾《つば》を飲み込んだ。身じろぎすることも叶《かな》わない光弥は、なんなのかと鼓動を逸《はや》らせる。

次の瞬間。

凄《すさ》まじい爆発音が、美術館全体を包み込んだ。

「うわっ！」

「な、なんだッ！」

激しい振動に足元が揺れ、ガラス窓に亀裂が走る。地震か、と光弥が面食らった直後、無尽にひびの入ったガラスが粉々に砕け散った。粉塵《ふんじん》と煙が瞬時になだれ込み、あっという間に視界を遮《さえぎ》っていく。男が意味不明の怒声を発し、光弥の手首を一層強く封じ込んだ。

「――光弥」

聞き慣れた闇《やみ》色の声が、静かに名前を呼ぶ。

ゆっくりと視界が開けていき、光弥は呆然《ぼうぜん》と口を開いた。

「炎龍……――」

黒地に金糸で龍が描かれた長袍《チャンパオ》姿の炎龍と、すっかり傷の癒《い》えたリュウト。彼らは掠《かす》り傷一つ負わずに涼しげな様子で、周囲の喧騒《けんそう》とは無縁の佇《たたず》まいを見せている。

「炎龍、無事だったのか……」

「その格好のおまえに、言われたくはないな」

意地悪く笑む顔は、まさしく炎龍本人だ。だが、今ここで何が起きているのか、あまりのことに光弥の頭は少しも働かない。どこかで柱や壁の崩れる音が聞こえ、ロビーはたちまちキナ臭い臭いが充満したが、どうやら爆破されたのはこの棟ではないらしい。雑木林が熱風に煽《あお》られ、炎の爆《は》ぜる音が外から聞こえてきた。

「き……さま、何をした……っ」

衝撃で刀は取り落としたものの、男の手はまだしっかりと光弥を拘束している。炎龍は冷ややかな眼差しでこちらを見つめ、足元で唸《うな》るリュウトの頭をそっと撫《な》でた。

「光弥、ご苦労だったな」

場違いなほど落ち着いた声音で、炎龍は世間話でもするように言う。まるで、男の存在など見えていないかのようだ。あからさまに無視をされ、男は憎悪の目で彼へ詰問した。

「貴様、我々の仲間をどうした？　とっくに、こちらへ到着しているはずだ」

「さぁ？　ご覧の通り、ここへ来たのは私と犬だけだ。……もっとも」

「………」

「おまえが光弥にかまけてくれたお陰で、私の部下は倉庫の爆破がやり易かったようだぞ」

「貴様の……部下だと……」

男の顔面が、一瞬で蒼白《そうはく》になる。わなわなと唇が震え、どこかに活路を見出そうとしているのがよくわかった。その姿に満足したのか、炎龍は王者の顔で男を嘲笑《ちようしよう》する。それは、爆発の余韻《よいん》に荒れ狂う背景にとても相応《ふさわ》しい表情だった。

「炎龍、まさか……僕を囮《おとり》にしたのか？」

まさかとは思ったが、こいつならやりかねない。そんな思いで、光弥は尋ねる。

「わざと僕をロビーへ待たせて、本来の目的から敵の目を逸《そ》らさせようと……？」

「ここの倉庫には、『幻《ファン》』の収入源である麻薬が隠されている。叩《たた》くには敵の注意を分散させる必要があった。おまえ、私、そして倉庫を襲った私の部下たちだ」

「『幻』って……」

「異母兄の後ろ盾であり、私と対《つい》の兄君、共通の敵だ」

「…………」

なんら悪びれることなく、炎龍は囮に使ったことを認めた。むしろ、その役目を光栄に思えと言わんばかりの口調だ。光弥はしばし絶句し、どう答えたものかと思案する。これでは犬以下どころか道具扱いだ、と思うと何も言葉が浮かばなかった。

「なるほど、囮か」

くっくと嫌な笑い声がし、光弥は傍《かたわ》らの男へ視線を移す。いつの間にか、男の右手には新たなナイフが握られていた。先ほどの刀よりずっと小ぶりだが、その切っ先は充分に鋭い。それを素早く光弥の喉元へ突きつけ、男は炎龍に向かって声を張り上げた。

「だったら、こいつをどうしようと俺の勝手だよなぁ？」

しまった、と気の緩みを後悔したが、もう後の祭りだ。光弥は歯がみする思いで炎龍を見返したが、その表情からは何の感情も見出すことはできなかった。足手まといになれば捨てる、そんな言葉さえ聞こえてきそうだった。

「そこをどけ、炎龍。部下たちにも手を出させるな。そうしないと、おまえのお気に入りは血の海で果てることになるぞ。それでもいいのか？」

光弥の身体を左手で抱き寄せ、男は右手のナイフをぴたりと喉の頸《けい》動脈へ当てる。炎龍を見《み》据《す》えたままジリジリと移動し、彼はなんとかこの場から脱出するつもりだ。不思議なくらい恐怖はなく、光弥は男を哀れにすら思った。

（こんな真似《まね》したって、炎龍が容赦するわけないのに）

案の定、炎龍は無反応なままだ。その顔には僅《わず》かな焦りさえ見えず、冷たく悪あがきする男を眺めている。このまま光弥が刺されようがどうしようが、勝手にしろと言っている顔だった。

だが、光弥自身はここで死ぬわけにはいかない。炎龍に助ける気がないなら、自分で自分の身を守るしかなかった。

（ナイフが少しでも肌へ食い込めば、すぐに頸動脈を傷つける。そうしたら、僕は間違いなく失血死だ。それくらいなら、いっそ……）

普段なら、こんなに冷静に頭は働かなかっただろう。現に、つい先刻はパニックを起こして半ば死ぬのを覚悟していたくらいだ。けれど、今はもう違った。

（炎龍——あいつが見ている）

まったく動く気配を見せない彼は、本当に光弥を見捨てる気かもしれない。あるいは、この土壇場で使える人間かどうか、見極めるつもりなのだろうか。

一つ、短く深呼吸をした。

それから、光弥は息を止めて、おもむろにナイフの刃を右手で掴《つか》んだ。

「何しやがるっ！」

突然の行為に驚き、男が慄《おのの》きながら叫んだ。刃を握った手のひらに血が溢《あふ》れ、手首から床へ滴《したた》り落ちていく。次の瞬間、光弥は苦痛を堪《こら》えて手を離すと、血まみれの右手を男の眼前へ思い切り押しつけた。

「ひゃっ！」

流血がまともに男の目を襲い、その手が光弥から僅かに離れる。同時に炎龍の鋭い声が、

「光弥、走れ！」と耳へ飛び込んできた。

「このガキがぁ――ッ！」

怒り狂った男の咆哮《ほうこう》が、背中から追ってくる。だが、耳をつんざく銃声と同時に、その声はピタリと静まった。光弥はビクッと足を止めたが、振り返らずに再び炎龍の元まで走る。心臓が破裂するほど高鳴り、頭の中がガンガンと脈打った。

「よし、光弥。冷静な判断だ」

飛び込む身体をしっかりと受け止め、炎龍がニヤリと笑う。腕の中でようやく息をつき、光弥は恐る恐る後ろを振り返った。

「殺した……のか……」

「ああ、惜しいことをした」

「え？」

「嬲り殺しにするつもりが、楽に一発で死なせてしまった」

「…………」

　本気で残念そうな顔に、もう答える気力が湧《わ》いてこない。炎龍に撃たれた男は目を見開いたまま仰向けに横たわり、眉間《みけん》には見事な穴が開いていた。床には脳漿《のうしょう》が飛び散り、顔面は己の血と光弥の血で真っ赤だ。

「リュウト……」

　ふと気づくと、リュウトが服の裾《すそ》を噛《か》んでいる。驚いて視線を落とすと、何かを訴えるような目が真っ直ぐこちらを見上げていた。炎龍がくすりと笑みを零《こぼ》し、「撫でてやれ」と囁《ささや》く。

勇気を出してそっと傷ついていない左手を頭へ乗せると、リュウトは短く鼻を鳴らした。

「驚いたな。リュウトは、おまえを心配しているらしい」

「犬は飼い主より、よほど人情に厚いみたいだ」

「つまらない皮肉を言うな。おまえが望む通り、駒《こま》として使ってやったまでだろう」

「……僕は西願家の人間だぞ。羅家の駒になる気なんかない」

「抜かしていろ」

　憎まれ口を叩き合い、炎龍は長袍の内側から白い布を取り出す。そうして光弥の右手をゆっくり開かせると、まだ出血の続く傷口へ布を巻いて強く縛った。

「痛いっ！」

「止血だ、我慢しろ。まったく、無茶をするお坊ちゃまだ」

「助けてくれなかった奴が、偉そうに……っ」

「私に、助けてほしかったのか？」

「それは……」

逆に問い返され、光弥は返事に窮してしまう。

炎龍を薄情だと思い知り、人でなしだと痛感した。あのまま光弥が死んでいても、きっと彼は涙一つ零さないに違いない。男を逃がす気はなかったようだから、巻き添えで刺されても仕方がない、くらいに思っていたのだろう。

「助けなんかいらない、と言えば……嘘になるよ」

血の染みた布を見つめながら、光弥は正直な気持ちを言葉にした。

「だけど、僕は自分で自分の身を救った。その事実は、今後の僕をきっと支えてくれると思う」

「眞行とやらが側《そば》にいる限り、おまえは闘う必要などないと思うが？」

「今までは、そう思っていたけど……」

「………」

「でも、自分の身さえ守れない人間に貴方《あなた》は妹を託せないだろ？」

顔を上げ、光弥は思い切って踏み込んでみる。自分が何より望んでいるのは、この鼻もちならない男に認めてもらうことなのだと、この時はっきりと自覚した。

「実際、今日みたいなことは普通に生きている限りそうそうあるもんじゃないよな。でも、貴方の義弟になるということは、それまでの平和な生活を捨てるってことだ。僕はマフィアなんかに興味はないけど、貴方が裏社会の人間である事実は変わらないんだから」

「おまえは……」

「え？」

「いや、なんでもない」

珍しく、炎龍が何かを言い淀《よど》んだ。驚いたことに、その顔には微《かす》かな狼狽《ろうばい》が滲《にじ》んでいる。新種の動物でも見るような瞳は、ともすれば甘い色へ傾きそうになっていた。

何かおかしなことでも言っただろうか、と光弥は少し不安になる。炎龍が動揺するなんて初めてだったし、彼自身そんな自分へ腹を立てているようだ。

「あ……ごめん、血が……」

気まずい雰囲気に耐えきれず、ふと逸らした視線の先を見て、光弥はさっと顔色を変えた。

「せっかくの長袍を汚しちゃったみたいだ」

「構うな。それより、いい加減に離れろ」

「……うん」

不機嫌そうに言われ、仕方なく光弥は身体を離そうとする。せっかく何かが近づいたような気持ちでいたのに、急に突き放された気分で淋《さび》しかった。

「あの、炎龍……」

「なんだ?」

「や、その、止血ありがとう……」

自分でも何が言いたかったのかわからず、もどかしさを抱えながら光弥は目を伏せる。もう一度怒られる前に離れなければ、と己へ言い聞かせ、おずおずと力強い腕から身体を引こうとした——その時だった。

「え……」

不意に、炎龍の右手が左の頬へ触れてくる。思いがけない行動に困惑した光弥は、すぐ間近から顔を覗《のぞ》き込む炎龍とまともに視線を合わせた。

「炎……龍……」

「顔に傷を作ったのか」

「あ、ああ、これくらい何でもないよ。傷も深くないし、すぐ元に……」

「血だらけだな」

くすり、と笑む気配がする。

なんだよ、と憎まれ口を返そうとして、光弥はそのまま言葉を飲み込んだ。

「あ……——」

炎龍がそっと顔を近づけ、傷口の血を美味《うま》そうに舐《な》め取っていく。生温かな舌が艶《なま》めかしく動き、光弥の肌がぞくりと快感に震えた。傷の痛みは甘美な毒となり、舐められた場所から全身へゆっくりと回っていく気がする。執拗《しつよう》にねぶられ、唇を這《は》わされると、それだけでくらりと目眩《めまい》に襲われた。

「えん……りゅ……」

激しく胸を叩く鼓動に負けて、光弥は思わず声を漏らす。炎龍の左手が腰を抱き寄せ、どこへも行かせまいとでも言うように強く力が込められた。

「ん……」

横へ走る数センチの傷を、炎龍の舌が巧みに這っていく。羞恥《しゅうち》に耐えきれず瞳を閉じた光弥は、熱くなる肌をどうしても抑えることができなかった。

「あ……っ……」

やがて、彼の舌は血の流れを追って、首筋から鎖骨へと降りていく。光弥はのけ反り、激しい愛撫《あいぶ》を受けながら、獅子《しし》に食われている獲物になったような錯覚を覚えた。

「気に入らないな」

さんざんねぶっておきながら、やがてボソリと炎龍は呟く。半分霞む意識の下で、光弥は答えを求めて瞳を開いた。

「何……」

「おまえの血を、あんな男の好きにさせたとは」

「………」

「おまえは、私のためだけに血を流せ」

血の色をした舌で唇を濡《ぬ》らし、彼は誓いを迫ってくる。

深い声色は逆らうことを決して許さず、彼に委《ゆだ》ねた肌の方が先に従ってしまう。

無言で自ら身体を寄せた光弥を、炎龍が静かに抱き締めた。

（炎龍……）

愛《いと》しさにどれだけ胸が震えても、それを口にすることは許されない。

そんなことは、最初からわかっている。彼は、自分の義兄になる人だ。

（どうしたんだ、僕は……）

自分へ問いかけることを諦め、光弥は今だけ彼の体温に酔うことにした——。

光弥の右手は縫う必要がありそうだったので、二人は炎龍の部下が運転する車で都心の病院へ直行する。西願家が昔から懇意にしている総合病院で、一目で事件性ありの出で立ちをしていても、深くは追及せずに治療だけをしてくれるのが有り難かった。

「美術館の方は、大丈夫か？　僕たちが出る時、サイレンの音が近づいてきたけど」

帰りの車中で光弥が尋ねても、炎龍は横顔のまま「気にするな」と澄ましている。

「あの建物自体が、『幻』に買収されている隠れ蓑《みの》だ。奴らは海外で買い付けた絵画に麻薬を隠し、密輸入しては倉庫で取引をしていた。私は、その情報をこの一週間で集めていたんだ」

「じゃあ、先方もあまり表沙汰《おもてざた》にはしたくないってこと?」

「その代わり、激烈な報復が始まるぞ」

「報復……」

「いわば、今日の出来事は『黒夜《ヘイイエ》』からの宣戦布告だからな」

さらりと恐ろしいことを言われ、光弥は血の気が引く思いだ。彼らに「炎龍のお気に入り」と認識されている以上、確実に自分も狙われるに違いない。そもそも、お気に入りという解釈自体が誤っていると思うのだが、頼んだところで炎龍は訂正はしてくれまい。

「怖がるな、光弥」

まるで他人事《ひとごと》のように炎龍が笑い、ようやく視線をこちらへ向けた。

「おまえが私に誓いをたて、私のために血を流すと言うのなら」

「炎龍……」

「私も、おまえのために血を流そう」

「…………」

え、と思わず訊《き》き返そうとして、光弥は慌てて口を閉じる。だが、耳の奥にはしっかりと炎龍の言葉が残っていた。聞き間違いではない証拠に、鼓動が早鐘のように鳴っている。自分のために何かをする、と言われただけで、こんなにも胸が震えたのは初めてだった。

(僕のために……この男が……)

一体、どんな心境の変化が炎龍にあったのだろう。

短い付き合いの中、彼が気まぐれで薄情な性格なのは思い知っていた。だが、一度言葉にしたことを容易に違える人間でないのは確かだ。

「どうした、惚《ほう》けた面をして」

光弥の困惑など知らぬげに、炎龍はまたも意地悪く微笑《ほほえ》んだ。

「言っておくが、それと妹の件は別だ。お膳立《ぜんだ》てはしてやるが、彗端《シュイシェイ》の心はおまえ自身が射止めろ。おまえが西願家の駒である一番の意味は、そこにあるんだろう?」

「わ……わかってるよ、そんなことは」

高揚する心に冷や水を浴びせられ、光弥は憮然《ぶぜん》と言い返した。

そう、先ほど抱き締められた時だって嫌というほど実感したのだ。炎龍は、自分を義弟候補として見ている。どんなに抱擁《ほうよう》が熱くても、そこに個人的な愛情があるわけではない。

「でも、いい機会だから僕も貴方へ言っておく」

弱気な気持ちを悟られまいと、わざとつっけんどんな口調で光弥は言った。

「もし、次に僕を囮にしようと思う時は事前にちゃんと言ってくれよな。今日は、本気で貴方に殺意が湧いたんだからな。囮のことはどうでもいいけど、騙《だま》されたことが僕は悔しい」

「ふん？　麻薬の隠し倉庫を爆破するから、敵の目を惹《ひ》きつけろと言えと？」

「それは……」

「知らない方が、上手く力を発揮できる時もある」

「……………」

あっさりと言いくるめられ、不本意だが何も言い返せない。小馬鹿にした視線が突き刺さり、先刻の一幕は遠い幻だったような気がしてきた。

『おまえは、私のためだけに血を流せ』

凄絶《せいぜつ》な色香を放ちながら、有無を言わせぬ口調で炎龍はそう言った。

あの時、彼に舐められ、唇を這わされた場所には、まだ微熱が疼《うず》いている。

快楽に落ちる自分を嘲《あざけ》るような、それでいて無垢《むく》に貪《むさぼ》るような、そんなひりつくような愛撫だった。感覚へ刻み込まれたそれは忘れるなんてできそうもなかったし、忘れたくない、とも思う。だが、そんな顔を見せればすぐに足元を掬《すく》われるに決まっていた。

「リュウト……」

二人の間に居座っていたリュウトが、不意に包帯を巻いた右手をぺろりと舐める。

獣の優しさが胸に染み、不覚にも光弥は泣きそうになっていた。

「光弥様！」

事前に連絡を入れておいたので、屋敷へ到着するなり眞行が飛び出してきた。

だが、彼は車から降りた光弥の悲惨な姿を見て瞬時に顔色を変える。傍目《はため》には少々大袈裟《おおげさ》なほど、その顔は悲愴《ひそう》な色を帯びていた。

「申し訳ありません！　私が同行していれば、こんなことには……」

「無事だったんだから、それでいいよ。兄さんたちの用事は首尾よく済んだのか？」

「はい。お二人とも、まだお戻りではありませんが……」

心ここにあらずといった様子で、眞行は珍しく語尾を濁す。

「眞行？　どうした？」

「――本当に、申し訳ありませんでした」

「…………」

深々と頭を下げられ、却《かえ》って光弥は面食らってしまう。何もそこまで、と狼狽していたら、後から降りてきた炎龍が愉快そうに口を挟《はさ》んできた。

「おまえが心配せずとも、光弥は己が身を自分で守ったぞ」

「炎龍様……」

「右手の包帯は、いわば勲章だ。咄嗟の判断にしては、なかなか洒落《しゃれ》ていた」

「お言葉ですが」

光弥の行動を揶揄する口ぶりに、さすがの眞行もカチンときたようだ。日頃は滅多に感情的にならない彼が、僅かに気色ばんだ声を出した。

「貴方が側にいながら、どうして光弥様に怪我《けが》などさせたんです？　貴方なら、彼に傷一つ負わせずに救えたはずなのに。それを、何故……」

「眞行、やめろ！」

「光弥様に累が及べば、霧弥《きりや》様と尋弥《ひろや》様が黙ってはいません。それをご承知の上で、こんな乱暴な真似をなさったのですか。貴方は、西願家との婚姻《こんいん》を望んではいないのですか？」

「眞行……」

驚いた光弥が止めるのも聞かず、眞行はそこまでいっきにまくしたてる。こんな彼を見るのは正真正銘初めてなので、光弥もどうしていいかわからなくなった。

ただ一人、炎龍だけが変わらぬ醒《さ》めた瞳で笑んでいる。眞行の言葉にも、彼はなんら感じるものはないようだった。

「眞行、出過ぎた真似は控えろ。彼は羅家の総帥《そうすい》だぞ」

「…………」

仕方なく、光弥はやや厳しい口調で言った。眞行の気持ちは有り難かったが、もう子どもではないのだし怪我だって自己責任だ。確かに、炎龍にその気があれば怪我をしないで済んだとは思うが、そのことがきっかけで彼の自分を見る目に変化があったのだとすれば、痛い思いをした甲斐は充分にあった。

「炎龍が言う通り、これは僕の一存でやった結果なんだ。おまえが怒る理由なんかない」

「ですが……」

「次から、彼と出かける時は必ずおまえを同行させるよ。兄さんたちにも、そう言っておく。今後はこんなことがないよう、おまえが充分に働いてくれ」

「……わかりました」

納得しかねる顔つきではあったが、眞行は渋々と引き下がる。その間も、炎龍は一言も発さずにやり取りを面白がって見ているだけだった。

(こんな男を相手にムキになっても、空《むな》しいだけだな)

光弥は溜《た》め息《いき》をつきたくなり、炎龍と出会ってから何度同じセリフを呟いただろう、と脱力する。初めは闇雲《やみくも》に腹立たしかったが、慣れたせいか、もう怒る気力すら湧かなかった。

しかし、今日はいつもと少し様子が違ったようだ。

口を閉じた眞行へ、炎龍はまるで挑発するかのように「——眞行」と呼びかけてきた。

「おまえは、光弥がよほど大事と見える。その根拠はなんだ？」

「炎龍様……」

「聞かせろ。光弥のどこが気に入った？」

「………」

　正面切って問いかけられ、明らかに眞行は戸惑っている。表情は大きく変わらないが、長い付き合いの光弥には彼の困惑が手に取るようにわかった。普通に訊かれても答え難い質問なのに、本人を前にして使用人の立場から話すにはあまりにハードルが高すぎる。

「お答えすれば、帰っていただけますか」

　やがて、心を決めたかのように眞行が目線を上げた。

　真っ直ぐ炎龍を見据える眼差しに、暗い炎が宿っている。その焔《ほむら》は複雑な色を帯び、押し殺した眞行の心を思わせた。

「光弥様は、私が唯一無二と心に定めた主です」

「ほう……？」

「この方は、私を〝信じる〟と言ってくださいました。出会って間もなかった私に、ためらわず命を預けてくれたんです。その信頼に応《こた》えたい、と思いました」

「…………」

「人に信頼される喜びを、それまでの私は知りませんでしたから」

　目の前で熱烈な告白を聞き、光弥は顔から火が出そうだ。だが、あまりに眞行の声音が真剣だったので、途中で止めさせることはできなかった。

　また、炎龍の反応も意外だった。彼は眞行を茶化しもせず、興味深そうに話を聞いている。多くの部下を使っていながら、その実リュウトにしか心を開かない彼からすれば『信頼』というのはもっとも理解し難い感情の一つなのかもしれなかった。

「もう、よろしいでしょうか」

ふっと息を漏らし、眞行がやや表情から険を取る。張り詰めた緊張が解けていき、光弥までつられて大きく溜め息をついてしまった。今更ながら気まずいのか、その音に眞行は慌てて顔を逸らすと「行きますよ、光弥様」と声をかけてくる。向けられた背中に何か言うべきか迷っていたら、不意に炎龍が笑い出した。

「得心したぞ、眞行」

「…………ッ」

肩越しに振り返った眞行は、瞳に微かな怒りを滲ませている。これが「冷静沈着で機械のようだ」と兄たちに言わしめた男かと、光弥は再び驚かされた。

「炎龍、待てよ。眞行は……」

「おまえの信頼を得るに足る、優秀な男というわけか。光弥、せいぜい奴を大事にしろ」

「い、言われなくたって、そうしてる！」

「本当か？」

まるで、暗に否定をされているようだ。返事に詰まる光弥をしばし見つめた後、炎龍は指を伸ばして頬の傷痕《きずあと》へ触れてきた。眞行がハッと身構え、剣呑《けんのん》な空気が蘇る。それらを無視し、炎龍は妖《あや》しく微笑んだ。

「光弥、今ここで私へ誓いをたてろ」

「え……」

「あいつの前で、私のために血を流すと言え」

「炎龍……」

何もこんな場面で、と光弥は激しく動揺する。

眞行の見ている前で誓いを迫るのは、明らかに先刻の告白を意識してのものだろう。対抗してどうする、と呆れる一方で、炎龍にはこういう子どもじみた面があることを思い出した。

（本気……で言ってるのか？　それとも、眞行に当てつけたいだけなのか……？）

車中では、確かに炎龍の心を感じた。彼が本気で誓いを欲し、見返りに己の血を差し出すと口にした時は震えるほどの感動があった。あの場ですぐ頷《うなず》かなかった自分の理性を、光弥は我ながら大したものだと感心しているくらいだ。

けれど、今の彼は違う。急《せ》くような物言いには抑えた苛立ちが混じり、隠しようのない焦りが伝わってくる。眞行が光弥への忠誠を言葉で示し、炎龍へ正面から意見したことは、そんなにも波紋を呼ぶ行為だったのだろうか。

（おかしいよな。いつもの炎龍なら、相手にもしないはずだ。同じ土俵にいると認めていない相手を、こんなに意識するなんて彼らしくない）

もしかしたら、と光弥は思う。

何かしらの要素が、眞行を炎龍と同じ土俵に立たせているのだとしたら。

「どうした、光弥。返事をしろ」

いつまでも沈黙し続ける光弥へ、炎龍の声が俄《にわ》かに不機嫌になった。だが、ここで流されるように同意するのは違うと光弥は思う。たとえ、この先二度と炎龍が誓いを迫るような真似をしなくなったとしても、やはり欠片でも迷いがあるうちは頷くべきじゃない。

「僕は、勢いで誓いを立てたりなんかしない」

「何……」

考え抜いた末、毅然《きぜん》と光弥は誓いを拒んだ。

炎龍の瞳が険しくなり、白けたように光弥の頬から指を外す。

「どういう意味だ？　説明しろ」

「誓いは、もっと神聖なものだと思う。こんな風に、誰かを傷つけたり優位に立つための道具に使うなんて、対価の価値を貶《おとし》めるだけだ。そうだろ？」

「誰かとは、眞行のことを言っているのか？」

「そうだよ」

はっきりと言い返すと、意外にも炎龍はたじろいだ。恐らく、彼自身がそうとは自覚していなかったのだ。だが、光弥の言葉を否定しないところを見ると図星だったのだろう。

「貴方がどうして眞行の言葉にこだわったのか、僕には全然わからないけど」

相手の反応に勇気を得て、光弥は最後まで言い切ることにした。

「僕にとって、貴方がどれだけ重要な存在になるのか、見極められるまでは誓えない」

「…………」

「だから、それまで時間がほしい。多分、そんなには待たせないはずだから」

「相変わらず……」

「え？」

「減らず口が多い」

いっきに興醒《きょうざ》めしたのか、炎龍はいきなり踵《きびす》を返した。待機していた運転手がドアを開け、彼はリュウトの待つシートへ身体を滑り込ませる。別れの挨拶《あいさつ》もないまま黒塗りのリンカーンは緩やかにスピードを上げ、瞬く間に視界から去っていった。

「光弥様……」

無言で見送る光弥へ、遠慮がちに眞行が呼びかける。

その声音は、後悔していないのかと問いかけているようだった。

# 5

美術館でのあらましを、光弥《みつや》は兄たちへ話すことができなかった。

ただ、さすがに怪我はごまかせなかったので、囮にされた事実のみを伏せて、炎龍《イエンロン》と『幻《ファン》』の因縁に巻き込まれたのだと説明をする。眞行《しんぎょう》は何か察しているかもしれなかったが、光弥の沈黙を考慮してか、余計な口出しはしなかった。

「炎龍は、ようやく本領発揮というところだね」

珍しく兄弟三人が揃《そろ》った夜、夕食の席で満足げに霧弥《きりや》が話題を切り出す。

あれから三日が過ぎたが、炎龍からの連絡は途絶えたままだ。しかし、その間も彼は『黒夜《ヘイイエ》』のボスとして暗躍を続けているらしい。

「でも、『幻』の収入源を叩いたのがやっぱり一番大きいな。お陰で、アジアでのビジネスがまたやり易くなってきた。あいつらも、自分の足元に火がついてる時にPグループの先鋒《せんぽう》として働いてる場合じゃないと気づいたんだろう」

「尋弥《ひろや》の言う通りだね。新興勢力のマフィアは、金と暴力だけでのし上がってるから無用の敵が多い。弱体化が表へ出れば、あっという間にいろんな組織の餌食《えじき》になるだけだよ」

「何にせよ、炎龍の働きに感謝だ」

「そうだね」

双子はご機嫌でグラスをぶつけ、それぞれのワインを美味《おい》しそうに口へ含んだ。だが、光弥のヤキモキは収まらない。具体的にどんな暗躍がなされ、どこに被害が出ているのか、彼らの会話だけではさっぱりわからないからだ。炎龍は「宣戦布告」と言ったのだし、今までより段違いに危険な状況で闘っているのではないだろうか。

「あ、そうだ。こんな時になんなんだけど」

ふと何かを思い出したように、霧弥と尋弥が揃ってこちらを見た。

「今日、炎龍から連絡があったよ。妹さんがだいぶ態度を軟化させているから、近日中に見合いの仕切り直しができそうだって」

「え……」

「良かったじゃないか、光弥。もっとも、今は『幻』と『黒夜』が一触即発の状態だ。西願《せいがん》家との見合いなんて、格好の標的にされそうだからな。事は慎重に運ばないと」

「だったら……見合いは先へ延ばせば……」

考えるより先に、口の方が勝手に動いてしまう。予想外の一言に兄たちはまともに驚き、にこやかだった表情を同時に曇らせた。

「もしかして、光弥、見合いが嫌になった？」

「まぁ、美術館では怖い思いをしたようだしな。無理もないよなぁ」

「そ、そんなことないよ！　ごめん、今のは失言！　忘れていいから！」

「光弥……」

「ご馳走様《ちそうさま》！」

居たたまれなさに思わず席を立ち、唖然《あぜん》とする兄たちへつっけんどんに一礼する。光弥はそのまま隅に控えていた眞行へ合図をすると、彼を伴って食堂から足早に出て行った。

(なんだよ、炎龍の奴。兄さんたちより、先に僕へ伝えるのが礼儀じゃないか)

自分でも何に腹を立てているのかわからないが、なんだかとても不愉快だ。あんなに情熱的な瞳で「誓え」と迫ってきたくせに、その一方で妹との見合いを進めていたなんて、まるで裏切られたような気持ちだった。

(やっぱり、僕が「時間をくれ」なんて言ったから、もうどうでも良くなったのかな)

ふと、弱気が心へ忍び込んでくる。あの時の選択を後悔はしていないが、自分にとって炎龍の存在がどれだけのものなのか、考える時間さえくれないのかと恨めしい気持ちになった。だが、次の瞬間には我に返り、そんな考えを急いで頭から振り払う。

(そうじゃない。おかしいのは僕の方なんだ。炎龍は、僕との約束を遂行しているだけなんだから。別に、あいつから愛を告白されたわけじゃあるまいし、僕が怒るのは筋違いなんだ)

あてもなく屋敷内を歩き回り、気がつけば中庭へ出ていた。月明かりに照らされ、手入れの行き届いた芝が夜露を含んで光っている。もっとも、庭師か使用人以外で庭へ出る人間はあまりいないので、その美しさも光弥は今夜初めて気がついた。戦後すぐに建て替えられた母屋は和洋折衷《せっちゅう》のアールデコ風な建物で、兄弟三人で暮らすにはあまりに広すぎる。

それでも、まだ両親が同居していて光弥がうんと幼い頃は、庭でお茶をしたり、兄たちと遊んだりしたこともあったのだ。いつの間にか日常の雑多な用事に流されて、屋敷は眠って食事するだけの場所となってしまった。

（炎龍はどうしているんだろう。あの英国風の屋敷に、たった一人で）

以前、訪ねた時見かけた使用人は僅か三人だった。たとえば人恋しくなったり、淋しさを覚えた時などは、どうやってしのいでいるのだろう。それとも、やはりリュウトがいれば他は無用なんだろうか。

（そもそも、あいつに〝恋しい〟とか〝淋しい〟なんて、人並みな感情があるのか？）

冷ややかで偉そうな顔つきを思い出し、そんな可愛《かわい》げがあるなら、ここまで他人を不快にさせたりはしない、と思い直した。自分一人で生きている顔をして、唯我独尊、傲岸不遜がチャイナ服を着て歩いているような男だ。

「……光弥様」

静かに後へついてきた眞行が、そっと声をかけてくる。今を盛りと咲き誇る夏椿《なつつばき》の白い花を背に、光弥はゆっくりと彼を振り返った。

「眞行、僕は……」

「表玄関で、お待ちください。ただいま、車を回してまいります」

「え……」

「炎龍様の元へ、行かれるのでしょう?」

「…………」

どうして、と言いかけた言葉が、眞行の深い瞳に飲み込まれる。

言われて初めて、光弥は自分が炎龍に会いたいと思っていることを知った。見合いの仕切り直しについて、彼の口からきちんと推移を聞きたい。彗端《シュイシェイ》をどう説得したのか、自分がどんな男だと彼女へ話したのか、そうして彼女が……――。

(違う、そんなことじゃない。本当は……そうじゃないんだ……)

途中で理屈を放棄し、自分をごまかすのを止める。

光弥は、炎龍の心が知りたい。

彼の中にある『西願光弥』という存在が、どんな位置を占めるか確かめたいのだ。「おまえのために血を流す」と言ってくれた、あの言葉に秘められた想いを聞きたかった。

「眞行、僕は……おかしいんだろうか」

縋《すが》るように眞行へ一歩近づき、光弥は困惑に囚《とら》われる。

「あの男を、僕は嫌いになれない」

「光弥様……」

「僕を囮にし、見殺しにしようとした男だ。他人を見下し、そのくせ独占欲は強くて、人を傷つけることに僅かなためらいもない。眞行、あいつは僕の前で人を殺したんだぞ。顔色一つ変えずに撃ち殺して、言うに事欠いて〝嬲り殺しにできなくて残念だ〟なんて言ったんだ！」

「…………」

「僕はおかしい。そんな奴のことが、こんなに気になるなんて。きっと、頭がどうにかなってしまったんだ。気が狂ってるのかもしれない」

溜《た》め込んでいた想いが、堰《せき》を切って溢れ出す。吐き出す声は語尾が震え、滲んだ涙に眞行の輪郭が揺れた。自分でもどうにもならない感情が、心を破壊していく音が聞こえる。それは逆らうことのできない甘美な音色となり、光弥を別の人間へ作り変えていくようだ。

ふと気づくと、眞行の右手が優しく光弥の左手を取っていた。温かな手のひらに包まれ、光弥は知らず安堵《あんど》の息を漏らす。眞行は頷き、慎重に言葉を選びながら言った。

「少なくとも、炎龍様にお会いになれば何らかの答えは出るかもしれません」

「眞行……」

「大丈夫です。何があろうと、光弥様には私がついています。貴方の気が済むように、どうか正直に生きてください。私は……貴方のためにここへいるんです」

「僕の……ため……」

どういう意味だろう、と思ったが、質問を封じるように眞行が笑いかけてくる。光弥はつられて微笑み、炎龍へ会いに行く決意を固めた。今まで一方的に呼びつけられるだけだったが、今夜は自分の意思で彼と対峙《たいじ》するのだ。

「――行く。眞行、車を頼む」

「はい」

そう答えてから、ほんの数秒、眞行は光弥の手を握ったままでいた。

だが、すぐに何かを思いきるように右手を引くと、踵を返して走り出す。

その背中は、なんだか見知った彼とはまるで別人のように見えた。


「光弥様、間もなく炎龍様の屋敷です」

「うん」

「大丈夫ですか?」

運転席から眞行に声をかけられ、光弥は緊張している自分へ苦笑を覚える。

夜も、十時を過ぎてからの訪問だ。兄二人には車中から連絡したが、感心しないという反応しか返ってこなかった。そもそも炎龍は在宅なのか、と問われ、基本的な確認を飛ばしていた自分に呆然とする。けれど、会話の内容を察した眞行がすかさず「先方の執事に、連絡を入れておきました」と答えてくれたのでなんとか面目がたった。

前回、彼の屋敷を訪ねてから半月がたつ。夜風はすっかり夏の匂《にお》いとなり、温《ぬる》い闇の中に英国風の建物がやけに重厚に迫って見えた。落ち着け、と短く深呼吸をし、光弥は包帯を巻いた右手へそっと視線を落とす。今度は、どんな傷を負えば炎龍へ近づけるのだろうと、バカバカしいことを考えた。

「さすが、夜ともなると警備が厳重になりますね」

眞行が呟いた通り、監視カメラのチェックの後で屋敷の鉄門がゆっくりと開き出す。館《やかた》自体は古くても、防犯設備は一応整えられているようだ。抗争の危機にあるマフィアのボスにしては些《いささ》か普通すぎる気もしたが、ここはあくまで別邸だし、彼には羅家総帥という実業家の顔もあるのでそうそう強面《こわもて》を配置するわけにもいかないのかもしれない。

砂利の敷かれた車寄せをゆっくりと回り、眞行は静かにエンジンを止めた。頭上では、玄関の扉に嵌《は》め込まれたステンドグラス越しに、柔らかな光が零れている。

（せめて、あの色くらい優しい目をしてくれたら、僕だってこんなに緊張しなくていいのに）

なんだか感傷的な気持ちになり、光弥は慌てて灯《あか》りから目を逸らした。

「申し訳ございません。炎龍様は、ただ今お庭の方へリュウトと出ていらっしゃいます。戻られるまで、光弥様にはサロンにてお待ちいただくようにとのことです」

前回と同じく微笑で出迎えた老執事が、招き入れた光弥へ慇懃《いんぎん》に頭を下げる。だが、こちらは一大決心をしてここまで来ているのだ。今この瞬間にも挫《くじ》けそうな気持ちを必死で奮い立たせているし、リュウトとの時間を優先されているのも、わかってはいるが少し悔しい。

「光弥様、どうされますか？」

判断を仰ぐために、眞行が小声で話しかけてきた。彼はすっかり腹を括《くく》っているらしく、どんな選択にもついていくと眼差しが言っている。本来なら光弥を諌《いさ》める立場にいるのだから、彼の行動がどれだけ覚悟を伴ったものかは押して測るべしだ。光弥は勇気を得て、眞行へ力強く微笑み返した。

「眞行、悪いがここで待っていてくれ。僕は庭へ回ってみる」

「お一人で、ですか……」

「心配しなくても、ここは羅家の敷地内だ。そうそう、危ない目には遭わないよ」

「しかし、炎龍様が素直に会ってくださるでしょうか。ご存知のように、気性の激しい方ですし、ご機嫌を損ねると光弥様に無体な真似をしないとも限りません」

「何が無体なもんか。あいつが僕にしてきた数々の行為を思えば、一度くらい僕が我を通したからって文句を言われる筋合いなんかないよ。そうだろ？」

「光弥様……」

自分の言葉で己を励まし、光弥は老執事へ向き直る。

「炎龍氏は、庭のどちらにいらっしゃるんですか？」

「生憎ですが、誰にも邪魔はさせるなと言われております」

「そんな……」

取りつく島もない返事に、再び光弥はショックを受けた。今夜、こんな非常識な時間に訪ねてきた真意を炎龍が気づかないわけがない。見合いの仕切り直しを聞いた光弥が駆けつけたことは、「誓い」に対する一つの答えになっているはずだ。

（それなのに……〝邪魔〟ってなんだよ……）

彼にとって、自分はそこまで小さな存在でしかないのだろうか。

改めて現実を突きつけられ、光弥は言いようのない疎外感を覚えた。

「彼は……炎龍氏は、僕が来ていることを知っているんでしょう？」

「はい、お伝えしております。ですが……申し訳ございません」

使用人ならいざ知らず、自分まで『その他大勢』扱いなのだ。そう思った途端、全身から力が抜けていく気がした。まだ片手分にも満たないが、炎龍と過ごした時間は全《すべ》てが濃密で忘れ難い瞬間の積み重ねだった。そんな風に感じていたのは自分の一人相撲《ずもう》だったのかと、光弥は淋しさと腹立たしさに同時に襲われる。

「炎龍様も、間もなく戻られると思います。只今《ただいま》、お茶をお持ちしましょう。どうぞ、サロンにてお寛《くつろ》ぎになってお待ちください」

さすがに気の毒に思ったのか、老執事はやや口調を和らげてそう言った。サロンへ光弥と眞行を案内し、お茶の支度のために出ていく彼を見送った後、光弥は決意を秘めて傍らの眞行を見上げる。

「——眞行」

「わかっております」

何も言わずとも、眞行は深く頷いた。光弥はしっかりと笑顔を作り、炎龍と対峙した時の様子を脳裏に思い浮かべる。「私が唯一無二と心に決めた主です」と言い切った彼の信頼だけは、何があっても守り通さねばならないと思った。

それには、まず自分自身の立ち位置をきちんと見極めねば。

駒でも西願家の末っ子でもない、ありのままの西願光弥として進む道を選ぶ時だ。

「炎龍を捜してくる」

「はい」

炎龍と会って、何をどうすれば気が済むのか、そんなことはわからない。

けれど、とにかく彼に会いたかった。義弟候補でも西願家の人間でもない、一人の人間としての自分を炎龍がどう見ているのか、その唇で教えてほしかった。

「光弥様。一つだけよろしいですか」

「え？」

「覚えておいででしょうか。先日、私は〝信頼される喜びを知らなかった〟と炎龍様へ申し上げました。あれは、決して嘘ではありません」

「………」

「私にとっての主従とは、単なる契約にすぎませんでした」

　こんな場で、眞行は突然何を言い出すのだろう。光弥は内心不思議でならなかったが、凜《りん》と決意を秘めた顔つきを見ると余計な質問はできなかった。眞行は控えめに息をつき、新たに微笑の輪郭を強くする。

「でも、貴方は違った。私を信じると言ってくださいました。初対面で、まだ名前すらも名乗らなかった私へ、口先だけではなく実際に命を丸ごと預けてくださったんです。あの時の光弥様の言葉で、私は生まれ変わりました。貴方のために闘いたいと、そう思いました」

「そんな、大袈裟だよ。僕はただ……」

「もし、あの時に何かの間違いで私がやられる羽目になったとしても、貴方はきっと最後の一瞬まで私を疑わなかったでしょう。貴方の信頼は、それほど純粋だ。だから——私は光弥様を選んだんです。生涯仕えるべき、ただ一人の主として」

「眞行……」

「お引き留めして、申し訳ありません。ただ、今言わないといけないと思ったのです」

なんと答えていいのかわからず、戸惑う光弥へ彼は優しく瞳を向けた。

「行ってください。そして、炎龍様と正面から向き合ってください。貴方なら、それができます。あの方も、私と同じく孤独の中で生きてこられた人なのですから」

「え……」

「執事の方は、私が上手く足止めをしておきましょう。ですが、くれぐれも用心は怠らずに。セキュリティが万全とはいえ、彼が『幻』の標的であることは間違いありません」

同じ孤独。

気になる一言に思わずドキリとしたが、最後はいつもの眞行に戻っている。さあ、と先を促され、光弥は訊き返すのを諦めて庭へ出ていくことにした。

「眞行、ありがとう」

「私などに礼は無用です。メイドと執事が戻ってくる前に、早く行ってください」

「うん」

光弥はくるりと背中を向け、使用人の目につかないようサロンの窓から庭へ降り立つ。一度振り返った時に見送る眞行と目が合ったが、彼は何も言わずに微笑んだだけだった。

(なんだか、びっくりしたな。眞行が、あんな饒舌《じょうぜつ》になるなんて)

面映《おもは》ゆいセリフをたくさん言われ、思い返すたびに顔が熱くなる。今まで、彼があんな風に自分を見ていてくれたなんて光弥は思いもしなかった。

（孤独の中で生きてきた……そう言っていたよな）

夜露に濡れる芝を踏み、光弥は初夏の夜空を仰ぎ見る。瞬く星たちは不安な心中を表すように、頼りなく儚《はかな》い光を灯していた。

（誰にも邪魔はさせるな――か）

屋敷の造りに合わせて、庭も英国式に整えられている。殺伐とした雰囲気の炎龍にはおよそ不似合いではあるが、小さな薔薇《ばら》園や白いベンチ、睡蓮《すいれん》の浮かぶ池などはまるで時の流れとは無縁の世界にあるようだった。光弥は炎龍の影を求めて足早にその中を通り過ぎ、いつしか裏手の広々とした空間へ出る。

（ここは……）

常緑樹の茂みに囲まれた庭の、一番奥まった静かな場所。

そこに、ポツンと小さな東屋《あずまや》があった。六角形の屋根をした中華風の建物で、中国かぶれの英国貴族が洒落で作らせたように、そこだけエキゾチックな佇まいとなっている。

（……誰かいる……）

微かな気配に足を止め、光弥は風の流れる方向へゆっくりと視線を移した。

衣擦《きぬず》れの神秘な音。夜に揺れる綺麗な息遣い。

月明かりの下、やがて見覚えのあるシルエットが浮かび上がった。炎龍だ、と直感でわかったものの、光弥は声を出すことができなくなる。

（炎龍……炎龍……――）

その名を、幾度も心でくり返した。

重ねるたびに胸が高鳴り、目の前の光景が妖しい夢のように思われてくる。

（炎龍……）

柳のようにしなやかな長剣を両手に持ち、炎龍が静寂の中で舞っていた。

闇より深い漆黒の髪が、風に揺れてさらりと流れる。

一切の雑音が途絶え、彼の軌跡だけが緩やかな波動となって周囲へ散っていった。

（綺麗だ……）

瞬きするのも忘れて、光弥はただひたすらその姿に見入ってしまう。世の中に、こんなにも美しい動きを見せる者がいたのかと、感嘆の思いが胸を支配した。

張《みなぎ》る緊張感と、怜悧《れいり》な空気。

闇を切り裂く刃の音は、極上の音色となって夜空へ響き渡る。

（これは――剣舞だ。でも、どうして炎龍が……）

二つの切っ先が幻想的に煌《きらめ》き、見えない弧を優雅に描いた。一筋の乱れもない呼吸と、指先まで神経の行き届いた繊細な仕草。それらが合わさって、神気を帯びた荘厳な舞となる。

（凄《すご》い。こんな美しい剣舞、僕は今まで見たことがない……）

炎龍にこんな才があったなんて、光弥は少しも想像しなかった。だが、豪胆な長剣と優美な舞の相反する魅力は、どこか彼自身と重なるものがある。そういえば、船上で戦っている際も舞っているようだと感想を抱いたことを思い出した。

(だけど、どうして人目を避けて一人きりで舞っているんだ？　これだけ見事なのに、誰にも見られないようにしているなんて)

哀愁に満ちた、弦楽器の歌声。凜々《りり》しく煽る、打楽器の響き。

炎龍の舞に合わせて、聴こえないはずのそれらの音色がはっきりと感じられる。

光弥は酩酊《めいてい》し、その剣にかかって殺《あや》められてもいいとさえ思った。

(側にいるのを許されているのは……リュウトだけか)

微動だにせず主人を見守る彼に気づき、たまらなく羨《うらや》ましくなる。こんな風に、誰も知らない炎龍の姿を、リュウトはどれだけ見てきたのだろう。

どうしようか、と心に迷いが生じる。

(気負いこんで来たのはいいけど、今夜は引き返した方がいいのかな。多分、僕のことなんて炎龍は相手にしない気がする)

見てはいけないものを覗いてしまったようで、我に返った光弥はたちまち居心地が悪くなった。このまま素知らぬ顔をして屋敷へ戻り、一刻も早く出て行こう。そう決心して後ずさろうとした瞬間、炎龍の動きがぴたりと静止する。

「どこへ行く？」

「え……」

「私を捜しに来たんだろう？」

気づいていたのか、と焦ったが、もう後の祭りだ。光弥が言い訳を探しているうちに、彼は両手の長剣をくるりと回し、足元の芝へ二つとも勢いよく突き刺した。

「どうした？　何を黙っている？」

「あ、いや……その……ごめん」

「何故、謝る？」

「誰も……邪魔するなと言っていたのに……」

「殊勝だな。いつものおまえなら、客を待たせるなと怒り出すところじゃないか？」

「…………」

「まぁ、自分の足で捜しに来た点だけは褒《ほ》めてやる」

相変わらず偉そうな口をきいて、炎龍が大股《おおまた》で近づいてくる。今夜の彼は墨色に黒の鳳凰《ほうおう》柄の長袍を選んでおり、極上の舞を見た余韻のせいで一層近寄り難かった。

「何を、そんなに緊張している？　もしかして、剣舞に見惚《みと》れていたのか？」

「……うん、驚いた。貴方は、剣を武器としてしか使わないと思ってたし」

「その通りだ。剣舞など、余興にすぎない。一年に一度しか、舞わないからな」

「一年に一度……？」

気になる物言いに顔を上げると、まともに炎龍と目が合った。意地悪な声音も癖のある笑みもいつもと同じだが、瞳だけは初めて見る色だ。どこか懐かしく悲しい色彩に、光弥は思わずアンティークのステンドグラスを連想した。

『あの色くらい優しい目をしてくれたら……』

そう願ったのは、ほんの十数分前のことだ。

光弥は溜め息を漏らし、これはどんな奇跡だろう、と思った。

「だが、おまえに見られたのは正直不覚だったな」

やれやれといった様子で、炎龍は口を開く。質問など無視することもできたろうに、どういう気まぐれか話してくれる気になったようだ。

しかし、次に彼の口から出た言葉に、光弥は答える術《すべ》を失ってしまった。

「あれは――鎮魂の舞だ」

「え……」

「他言するなよ？」

炎龍がゆっくりと屈《かが》み、耳元へ唇を寄せて囁きかける。それは独特の甘みを伴い、光弥を激しく混乱させた。自分が聞きたかったのはこの音だったのだと、乱れる胸が告げている。けれど、それは決して認めてはならない禁忌《きんき》の領域の感情だった。

「鎮魂って…それはどういう……」

「対の兄君に聞いているだろう？　私と彗端の母が、日本人だと」

「………」

「私は、彗端が生まれるまで母と日本で暮らしていた。すでに父には正妻がいたので、母は正式に羅家の籍には入れてもらえず、いわば愛人という立場のままで生涯を終えた」

炎龍は、淡々と問わず語りに過去を話し始める。鎮魂に使われた二本の長刀は、月光に照らされて冷たく凜と光っていた。

「当時から父には敵が多く、今の私のように常に命の危険に身を晒《さら》していた。だから、次男の私と愛人をアメリカへは呼び寄せず東京へ留めておいたのだ。この屋敷は、その時に母のために用意されたものだ」

「じゃあ、決してないがしろにされていたわけではなかったんだね」

「……そうだな。他にも愛人は何人もいたようだが、父は母をとても愛していたと思う。母の祖母がイギリス人だと聞いて、この建物をウィンチェスターから移築したくらいだ。しかし、いくら異国に匿《かこ》っていても、確実に安全なわけではない。事実、私は数回にわたって父の仇敵に誘拐されたり殺されかけたりした。母は、きっと気の休まる時がなかっただろう」

「何度も……だって？」

「私の身体には、その時の名残りの傷が幾つもある。いずれ、おまえは見ることになるかもしれないが」

「え……」

最後のセリフだけ、いつもの炎龍らしくニヤリと笑ってうそぶく。だが、軽口を性質《たち》の悪い冗談として受け流す余裕など今の光弥にはなかった。

孤独の中で生きてきた、と意味深なことを眞行は言った。けれど、その言葉が真実だったのを今の話で光弥は知る。幼い頃から幾度も命の危険に晒され、そのたびに母親を悲しませてきた過去は、炎龍を絶対的な虚無感へ追いやったに違いない。まして、傷痕が心だけでなく肌にも残っているのなら、味わった恐怖と痛みを忘れることさえ許されなかっただろう。

「同情はするな」

不意に、炎龍の声音に冷たさが戻った。

「私を憐れむ奴は、全てこの手で殺めてきた。光弥、おまえとて例外ではない」

「同情じゃないよ」

「…………」

「僕を手にかけたければ、好きにすればいい。だけど、この気持ちは同情なんかじゃない」

些かも怯《ひる》まず、澄んだ水のように静かに言い返す。その目力に殺気を殺《そ》がれたのか、炎龍は鼻白んだように口を閉じた。

「きっと……」

自らも進んで彼へ身体を寄せ、光弥は密《ひそ》やかに唇を動かす。

「貴方の母親は、とても綺麗な人だったんだろうね」

「何故、そう思う？」

「さっきの剣舞、凄く綺麗だったから」

「………」

「あの舞に相応しい、美しい女性だったんだと思う」

顔を上げて、少し背伸びをしてみた。距離が近くなり、視線の交差に火が灯《とも》る。

「炎龍……」

誘うような声が、無意識に名前を呼んだ。彼は光弥を抱き止めたまま、突き放さずに不透明な眼差しで見つめ返してくる。その沈黙に勇気を得て、ゆっくりと唇を近づけていった。

吐息が互いの肌をくすぐり、やがて引き寄せ合って重ねられる。それは、あらかじめ決められていたことのように自然な流れだった。

「ふ……」

自分から口づけたことの意味を、痛いほどの鼓動が教えてくれる。光弥は夢中になって彼の唇を吸い、ぎこちなく舌を絡めようとした。目の前の男が愛おしくて、もっと触れずにはいられない。たとえ拒まれたとしても、自分の熱と滴る愛情を与えずにはいられなかった。

「ん……ぅ……」

泣きたくなるような思いで口づけ、冷たい身体を抱き締める。上がらない体温を悲しく思っていたら、不意に炎龍の指が顎へかけられた。戸惑う光弥を無視して、彼は唇を重ね合わせたまま含んだような笑みを零す。うっすらと開いた瞳に、青く揺らめく情欲の炎が映った。

「足りないな」

「えん……りゅ……」

「やるからには、もっと私を満足させろ」

言うなり、きつく唇を吸われる。同時に、くらりと目眩が光弥を襲った。呼吸が瞬時に奪われ、荒々しく飲み込まれていく。交わる吐息は熱く、喉が焼けつくような気がした。

「ん……んんん……っ」

一体、何がどうなっているんだろう。

巧みな舌の愛撫に翻弄《ほんろう》されながら、光弥は朦朧《もうろう》と考える。

乱暴に口づけられ、悦《よろこ》びに胸が震えるなんて、まるで現実のこととは思えなかった。

「……う……ん……んんっ……」

あまりの甘美さが怖くなり、なけなしの力で逃れようとする。だが、炎龍は許さなかった。口腔《こうこう》内を執拗にねぶり、漏れる溜め息ごと光弥を貪り、何度も快楽へ突き落とそうとする。搦《から》め取られた舌が甘い動きに引きずられ、光弥は幾度も力を失いそうになった。

「……やめ……」

崩れそうになると腰から支えられ、また唇を重ねられる。避けようとすれば髪を摑まれ、無理やりにでも受け入れさせられた。いつ解放されるとも知れない情熱の渦は、光弥から僅かな思考を取り上げていく。いたぶる視線にねぶられ、理性の蕩《とろ》けた身体は自分が何者かさえ見失いそうだった。

「まだ、私に誓う気は起きないか？」

唇を離し、炎龍が勝ち誇ったように問いかけてくる。だが、光弥は何も考えられなかった。こんなに一方的で激しい愛撫など、生まれてこの方経験したことがない。返事がないことに苛立ったのか、炎龍は短く舌打ちをして再び口づけてきた。

「……ぁ……んぅ……」

舌で唇を焦《じ》らしながらなぞられ、獣のように舐められる。それだけで全身に震えが走り、溢れる唾液《だえき》が顎を伝っていった。

「ん…んん…ぅ……っ」

心が伴わなければ、キスなどなんの意味も持たない。それは事実だ。

けれど、強引な口づけに蹂躙《じゅうりん》されながら、光弥は倒錯的な悦びに身体を熱くする。

「や…め…っ」

誰か、と光弥は切なく心の中で救いを求めた。

止められるものなら、誰か止めてほしい。求めても得られない相手なのに、引きずられていく自分の弱さを嘲ってほしい。そうでないと、きっとこのまま堕《お》ちる。炎龍に全てを持っていかれて、見栄《みえ》もプライドもズタズタにされてしまう。

——その時。

「うわっ！」

陶酔を破って、突然リュウトが飛びかかってきた。背中へ圧しかかられた弾みでバランスを崩し、光弥は炎龍もろとも芝へ倒れ込む。咄嗟に腕をクッションにした炎龍が衝撃から守ってくれたが、お陰で一瞬にして頭が現実へ引き戻された。

「な、なんなんだよ、急にっ」

「そのままでいろ」

「え？」

小声で囁かれた次の瞬間、月下に複数の銃声が響き渡る。間近で発砲されたらしく、空気を切り裂く音がビリビリと耳を直撃した。一体何が、と目を白黒させていると、駆け寄る足音と共に聞き慣れた声が光弥の名前を叫んだ。

「光弥様、ご無事ですか！」

「眞行……？」

驚いて顔を上げた先で、眞行が険しい顔つきで前方へ銃口を向けている。ありえないその光景に、光弥の頭は真っ白になった。

「眞行、おまえ……銃を……」

「光弥様……」

「撃てる……のか？　そんな物、いつから持ってたんだよ？」

「私は……」

「何をしている？　さっさと敵を撃ち殺せ、眞行」

光弥の困惑を無視して、身を屈めたまま炎龍が『命令』した。その声は笑っており、瞳には歪んだ愉悦を浮かべている。

「どうした？　相手は一人だぞ？　睨み合ったまま、朝を迎える気か？」

「炎龍様……」

「——殺せ。逃がしたところで、戻った先で処分されるだけだ」

「…………」

「それとも、光弥の前で人殺しはしたくないか？」

図星だったのか、俄かに眞行の表情が殺気立った。彼は無言で引き金を引き、常緑樹の奥で男の短い悲鳴が聞こえる。続けてガサガサと葉を揺らす音が移動して、それきり周囲は静かになった。

「構うな、リュウト。追わなくていい」

炎龍の言葉に、それまで唸っていたのが嘘のようにリュウトが鼻を鳴らし始めた。危険を察

知した彼は、飼い主と光弥へ身体で教えてくれたのだ。

「眞行、おまえ、いつの間に銃なんて……」

芝の上に座り込み、光弥は半ば呆然と呟いた。自分の知る眞行は、確かに警備のプロフェッショナルで武芸でも腕が立つ。だが、銃器まで扱えるなんて聞いていないし、そもそも銃を所持しているなんて今まで聞いたことがなかった。

「すみません、光弥様……」

苦渋に満ちた瞳をこちらへ向け、眞行は何か言おうとして口を開きかける。だが、それより一瞬早く、身体を起こした炎龍がくっくと喉を震わせて笑い出した。

「急所を外したな？　無駄な苦しみを与えたのはわざとか？」

「…………」

「それとも、やはり光弥に〝人殺し〟と罵《ののし》られるのが嫌か」

残酷な一言だったが、眞行が悲痛に目を細める。

その反応だけで、光弥には充分だった。追及する気持ちがたちまち萎《な》え、もう何も聞きたくないと思う。誰より近くにいた彼の秘密を、少しも気づかずにいた自分が情けなかった。

「もういいよ、炎龍……」

「何がいいんだ？　おまえは真実を知りたくないのか？」

力無く会話を止めようとしたが、どういうわけか炎龍は黙ろうとしない。彼はゆっくりと立ち上がると、尚《なお》も眞行をいたぶるように話し続けた。

「硝煙の臭いを風で読み、居場所から人数まで把握できる男が、よもやミスで外したとは誰も信じまい？　眞行、なんとか言ったらどうだ？」

「もういい！　やめろよ、炎龍！」

「あるいは『黒夜』を離れている四年の間に、腕がなまったとでも言い訳してみるか？」

「え……」

今、炎龍はなんて言ったのだろうか。

悪い冗談だ、と文句を言おうとしたが、何故だか唇が強張《こわば》って動かせなかった。

（炎龍の奴……何、言ってるんだよ……嘘だ……そんな……そんなバカな……）

信じられない。そんなこと、ありえっこない。

心の中ではいくらでも否定できたが、自信たっぷりな炎龍の横顔や一言も否定しない眞行の苦しそうな眼差しが、先刻のセリフは真実だと雄弁に告げてくる。

「眞……行……？」

それでも、彼が銃さえ手にしていなかったら、まだ救われたかもしれない。だが、顔色一つ変えずに発砲したのは、明らかに見知らぬ男だった。それは、まるで懐かしい玩具を手にした子どものように、眞行の右手へしっくりと馴染んでいた。

「光弥様……」

眞行が、許しを請うように光弥を見つめる。だが、何も言葉が見つからないのか、彼はなかなかその先を口にしようとはしなかった。

代わりに、炎龍がやや声音を落ち着かせて光弥へ話しかける。

「光弥、おまえは気づかなかったのか？」

「え……？」

「眞行が、『黒夜』の一員だと。彼は、西願家へ送り込んだ私の側近だ」

「側近……」

信じたくない事実だったが、そう思うと全ての引っかかりが見事に解けていく。

眞行がムキになって炎龍と張り合い、「おまえにとって光弥はなんだ」という問いに意味ありげな答え方をしたのも、自分と彼は同じように孤独を知っている、と話したのも。

後から考えれば、眞行の言動の端々に炎龍自身との繋《つな》がりがあったことが示されていた。

「だが、眞行。主人の濡れ場を覗き見しているとは、おまえも大した趣味の持ち主だな」

「違います、私は……」

炎龍のきわどい煽りにようやく口を開き、眞行は困ったように瞬きをくり返す。濡れ場、という単語に光弥は動揺し、今更のように羞恥で体温が上がった。

「今夜は、炎龍様にとって特別な夜です。まさかとは思いましたが、割り込んできた光弥様へ貴方が非道な真似をしないとも限りません。万一の時はこの身に代えてもお守りしなくては、と考え、勝手ながら側へ控えさせていただきました。……それだけです」

「ほう？　だったら、どうして初めに光弥を止めなかった？」

「それが、光弥様の望みだったからです」

嘲るような言葉に、あくまで真剣な声音で眞行は答える。先刻のやり取りが脳裏に蘇り、光弥は思わず胸が熱くなった。今しか言えない、と、彼は己の忠誠心が真実であることを告げてくれたのだ。それは、今の場面を想定していたからに他ならない。

「眞行、おまえ……覚悟していたんだろう？」

声の震えを抑えながら、光弥がおずおずと彼へ尋ねた。

「僕に自分の素性を打ち明けようって、もう決めてたんじゃないのか？　なぁ？」

「……その通りです」

「…………」

「今まで隠していて、申し訳ありませんでした」

口調はあくまで淡々としていたが、滲み出る苦悩は隠しようもない。それでも、眞行は驚くほど冷静な態度を崩さずに一つ一つの真実を光弥へ明かしていった。

「今夜、光弥様はご自分の意思でここへ来られました。炎龍様は、あの時に引き出せなかった『誓い』を貴方から受け取ったと思うでしょう。そうなれば、私は用済みです」

「どうしてだよ？　用済みだなんて、そんな……っ」

「貴方の一番の信頼を勝ち取り、西願家の情報を『黒夜』へ流す。それが、私に課せられた命令でした。でも、炎龍様と貴方が通じ合うのなら、もうスパイは必要ありません」

眞行は穏やかに微笑み、きっぱりと言い切る。

「炎龍様は、私を切るはずです。どのみち、生涯の主として光弥様を選んだ瞬間から『黒夜』にとっての私は裏切り者ですから」

「だ、だったら今まで通りでいいじゃないか！　そうだろうっ？」

「私の素性を知ったお兄様たちが、西願家に留めてくださるとは思えません」

眞行は首を横に振り、光弥の言葉をやんわりと否定した。

先ほど瞳を染めた決意の色は、この言葉を口にするためのものだったのだ。

「そんな顔をなさらないでください」

「眞行……」

「今の私はどうであれ、最初は貴方を騙していたんです。そんな男のために、悲しむ必要はありません。光弥様、どうか――私を許さないでください」

「よく言った、劉慎芝《リユウシユンチー》。いや、やはりここは眞行信敬《のぶたか》と日本名で呼ぶべきか？」

「劉慎芝……それが、眞行の本当の名前なのか？」

「奴は、残留孤児の三世だ。祖父母と母が日本人で、日本名も持っている。私と同じ、中国と日本のミックスだ。もっとも、私たちに国籍など無意味だがな」

炎龍の容赦ない追い打ちが、最後の秘密を暴いていく。だが、その横顔は先刻までの屈折した悦びとは違って、どこか空虚な色に縁取られていた。自分と組織を裏切り、光弥を唯一の主人と定めた男を見る目としては、あまりに悲しくやるせない。それは、怒りというよりはひたすら虚《むな》しさだけに支配されていた。

「四年前、私は眞行を西願家へ潜り込ませるため、光弥の側で様子を窺《うかが》わせることにした。折よく誘拐事件が起こったが、もし何も起きなければ『黒夜』で画策しただろう。近い将来、日本とのビジネスを始めるのに西願家のコネクションは無視できない。そのためには、情報を集める必要があった。無論、見合いもその一環だ」

「じゃあ、兄さんたちでなく僕が見合い相手に指名されたのは……」

「眞行の報告を聞いて、興味が湧いたからだ。お坊ちゃまなりに、一筋縄ではいかない気概があると聞いたのでな。どのみち、おまえの兄たちは曲者《くせもの》すぎて扱い難い」

「興味……」

事もなく言い捨てられ、光弥の心は凍りつく。それなら、さっきの口づけも興味本位だったのかと問い詰めたかったが、答えを聞くのが怖くてできなかった。

「眞行、おまえはよく働いてくれた」

炎龍は矛先を眞行へ変え、再び醒めた瞳で口を開く。

「だが、私を裏切ったのは紛れもない事実だ。おまえは優秀な側近だったのに、よもや箱入りのお坊ちゃまに骨抜きにされるとはな。汚泥を啜《すす》って生きてきた身に、純粋培養の温室育ちは眩《まぶ》しく映ったと見える」

「炎龍様……」

「せめて、情けはかけてやろう。部下ではなく、私の手で直々に殺してやる」

「炎龍！　よせっ！」

会話の途中で、光弥は蒼白になって叫んだ。淡々と話していた炎龍がおもむろに先ほどの長刀を芝から引き抜き、右手で大きく振り上げたからだ。刃先は眞行の肩先で止まり、紙一重のところで彼を斬り刻むのを待っていた。

「止めろ、炎龍！　眞行を殺すな！」

「おや、命請いか？　眞行、おまえは大事な主人に命請いをさせるのか？」

凄惨な笑みを浮かべ、炎龍は冷ややかに眞行を見る。刀を突きつけられても眞行は眉一つ動かさず、どんな報いも甘んじて受けると決めているようだった。

だが、だからといって光弥に見殺しはできない。無我夢中で眞行の前へ立つと、真正面から炎龍と対峙した。

「どうしても、眞行を殺すつもりなのか？」

何を今更、と炎龍が鼻先で笑う。

光弥は意を決し、短く深呼吸をした。

「――だったら、僕は羅家との見合いをこの場で断る」

「…………」

「光弥様！」

驚いた眞行が身じろぎ、炎龍の刀で止められる。だが、ためらっている時間はなかった。

「本気だよ。眞行は、僕のためにいつでも命を投げ出す覚悟をしてくれている。だったら、それ以外の理由で死なせるわけにはいかない」

「ほう……？」

「羅炎龍。貴方が僕のものに――西願光弥のものに手を出すというのなら、たとえ羅家の総帥であろうと許さない。眞行を殺すなら、西願家を敵に回すつもりでやれ！」

「光弥様、止め……」

「眞行、おまえは黙ってろ！」

止めてください、と言いかけた眞行を、鋭い声音で黙らせる。

彼の正体も炎龍の画策も、何もかもが光弥を打ちのめした。だが、だからといって投げやりになっている場合ではない。今、しなくてはならないのは眞行を死なせないことだ。

それに――光弥には、どうしても守りたい想いがあった。

「炎龍、僕は……貴方を人殺しにしたくない」

凛と言い放つと、それまで皮肉に縁取られていた炎龍の顔が変わる。

彼は不可解な色を目に浮かべ、初めて遭遇する生き物のように光弥を見た。それは、怖いほどの殺気とは裏腹なひどく無防備な瞳だった。

「貴方は、わざと眞行を僕の目の前で斬り殺そうとしている。だけど、それは生き延びるために必要なことなのか？」

「何……」

「貴方が血を流すのは、生きるためだ。だから、僕にも〝血を流せ〟って誓いを迫ったんじゃないのかよ？　そうだろうっ？　どうして、それ以外のことで人を殺す理由があるんだ！」

必死で言い募る光弥へ、食い入るような視線が突き刺さる。

やがて、炎龍は乾いた笑い声を漏らし、何かを憐れむように言った。

「私を……」

「炎龍……」

「『黒夜』のボスである、この私を〝人殺しにしたくない〟だと？」

笑わせる、と続けて吐き捨て、歪んだ微笑を唇へ刻む。だが、言葉とは反対に長刀は一向に動く気配を見せなかった。もっとも、ここで長刀を振れば眞行だけでなく光弥まで巻き添えに斬ってしまう。それは、さすがに一時の感情ではできかねたようだ。

緊張に満ちた沈黙が、永遠に続くように思われた。

だが、長い静寂の後、ついに炎龍が深々と息をつく。

「今夜は、母親の命日だ」

スルリと優雅に刃先を戻し、彼は抑揚のない声で言った。

「そんな夜を血で汚したくはない」

「炎龍……」

「光弥、眞行はくれてやる。だが、交換条件だ」

「え？」

ホッと安堵したのも束の間、底冷えのする眼差しが光弥の心へ爪をかける。

「奴の代わりに、おまえが命を差し出せ」

「な……」

「たった今から、おまえは私のものだ」

その言葉と同時に抱き寄せられ、契約の証《あかし》のように炎龍の唇が再び光弥の呼吸を塞《ふさ》いだ。

# 6

「お兄様、何か怒っていらっしゃるの?」

「私が?」

「だって、会った時からムスッとしてろくに話さないんだもの。何かあったんでしょう?」

「別に何もない。それより、久しぶりの外出だろう。何か欲しいものがあるなら、なんでも言うがいい。おまえのワガママを聞いてやれるのも、あと少しだからな」

「まぁ、ひどい」

平日の昼下がりだったが、世界屈指のブランド店が連なる通りとあって周囲はそこそこの人出で賑《にぎ》わっている。その中を、麻のジャケットスーツを着た炎龍《イエンロン》が妹の彗端《シュイシエイ》と歩いていた。僅《わず》かに離れてリュウトを乗せたリムジンが護衛については来ているが、基本的には兄妹水入らずだ。長いことホテルで引きこもった生活をしていたせいか、久しぶりの外出に彗端の表情は明るかった。

「彗端、おまえの美貌《びぼう》に道行く者が振り向いていくぞ。面白い光景だ」

「あのね、お兄様。それは、貴方《あなた》が隣にいるせいよ。わかってないのね」

「何故《なぜ》だ？　今日は、長袍《チャンパオ》を着ていないぞ。光弥《みつや》が〝人目を惹《ひ》いて恥ずかしい〟と煩《うるさ》いから、何着かスーツを誂《あつら》えさせた。街中では、あまり目立たない方がいいしな」

「まぁ……」

睫毛《まつげ》の濃い大きな瞳を見開き、彗端は本気で驚いた顔をしている。何をオーバーな、と炎龍は苦笑し、立ち止まった彼女を肩越しに振り返った。

「どうした？」

「どうしたって……お兄様、ご自分で気づかないの？」

「なんのことだ？」

「他人の意見に耳を貸すなんて、初めてのことじゃない？　お父様にだって平気で逆らうし、傲慢《ごうまん》な性格が災いして腹違いの兄弟まで敵に回しているくせに」

「おまえこそ、これから人生最大の博打《ばくち》に出ようとしているじゃないか」

「それとこれとは、関係ないでしょ」

憎まれ口は叩《たた》くものの、彗端は少し殊勝な顔つきになる。この先、自分がしでかそうとしている罪と周囲への影響を考えると、やはり平静ではいられないのだろう。

「私が、光弥の意見に耳を？　……バカバカしい」

彗端の指摘に、炎龍は口の中で小さく呟《つぶや》いた。

もともとスーツは必要だったし、光弥の言葉はきっかけに過ぎない。それなのに、生意気な妹はまるでこちらが彼に気のあるような言い方をする。確かに、ペットショップへ出向いた時は光弥もスーツ姿に安堵《あんど》していたようだが、別に機嫌を取ろうとしたわけではなかった。

(この私が、あんな世間知らずの坊ちゃんの機嫌など構っていられるか)

生来が捻《ひね》くれ者なので、やっぱり長袍にしてくれれば良かったとさえ思い始める。

炎龍は、民族衣装が好きだった。日本人の母親を持ったせいで羅家《ロー》では異端に見られていたし、そんな自分が紛れもなく父親の子であるという自負を服が与えてくれる気がしたからだ。今となっては女々しい動機だが、当時は混血の事実がひどく疎ましかったので、民族衣装はそれなりの慰めにはなった。

『貴方の母親は、とても綺麗《きれい》な人だったんだろうね』

鎮魂の舞を見た光弥が、静かに口にした言葉が蘇《よみがえ》る。

他の人間が同じセリフを言ったら、きっとその場で斬《き》り殺していただろう。それなのに、何故だか炎龍は怒る気になれず、聞かれもしない過去まで話している自分に戸惑った。

だが、光弥は今、側《そば》にいない。

(何故だ……あいつが求めていたのは、私だったはずだ)

衝動的に口づけ、一度は手に入れたかと思ったのに、光弥の心がまるきり読めなかった。眞《しん》行《ぎょう》を裏切り者と知っても尚《なお》、身を挺《てい》して庇《かば》おうとした姿を思い出すたびに、得体の知れない感情が炎龍の胸を焦がす。

「お兄様？　嫌ね、本当におかしいわ」

うっかり考え事に耽《ふけ》っていたら、彗端が呆《あき》れたように溜《た》め息《いき》を漏《も》らした。

「何を考えていらしたの？　急に怖い顔をして」

「私の顔など、放っておけ。それより、おまえの方はどうなんだ？」

「え？」

「良い知らせがあったようだと、部下から聞いている。話してみろ」

「……ええ、実はそうなの」

巧みに話題を逸《そ》らすと、彼女ははにかんだ笑顔でコクンと頷《うなず》く。恋する者特有の華やぎが、全身から溢《あふ》れるように彼女を輝かせていた。たった一本の連絡がこうも人を変えるなんて、と炎龍は内心驚いてしまう。間違いなく、目の前の彗端は今までで一番美しかった。

「パリの彼から、やっと連絡がきたの。それで、ようやく……」

「彗端！」

擦《す》れ違った男の胸元で、何かがチカリと光を放つ。銃口だと気づいた炎龍は咄嗟《とっさ》に妹を突き飛ばし、スーツの内側へ右手を差し込んだ。

「お兄様っ！」

同時に数発の銃声が立て続けに交差し、彗端が恐怖にかられて叫び声を上げる。異変を知った通行人の悲鳴やざわめきが、遅れて周囲で次々とうねった。護衛の人間に「追え」と命じた後、炎龍は妹の無事を確認しようとして力無く膝《ひざ》を突く。気づけば、滴《したた》った血がアスファルトに幾つもの染みを作っていた。

（くそ……！）

焼けるような痛みを感じながら、なんとか立ち上がろうとしたが力が出ない。

そのまま、炎龍はゆっくりと地面に頽《くずお》れた。

炎龍が撃たれた、と知らせがきたのは、前期試験のために屋敷を出る直前だった。

「炎龍は……炎龍は無事なのかよっ？」

「そんなに血相変えなくても、大丈夫。あ、光弥は試験があるんだから大学へ行っていいんだよ。死んだわけじゃなさそうだし、病院には蘭《らん》でも届けさせるからさ」

「あいつにも困ったもんだよ。どうせなら、タイミングを考えて撃たれてほしいよなぁ」

無責任なことを言いながら、出勤の支度をしていた霧弥《きりや》と尋弥《ひろや》はしかめ面をしている。彼らが入手した情報によれば、昨日の白昼堂々、大通りで何者かに狙撃《そげき》されたという話だった。

「情報の流出を抑えていたせいで、僕たちに流れてくるのが遅れたんだろうね。おまけに、犯人に深手は負わせたものの、取り逃がしたって話だよ。なっさけないなぁ」

棒立ちになった光弥へ視線を流し、霧弥がまるきり他人事《ひとごと》、という口をきく。

「光弥、そろそろ出ないと試験に遅刻するよ？　今日は初日だろう？」

「え…あ……」

「眞行、大学まで車で送ってやれ」

心配した尋弥が、傍《かたわ》らに控える眞行へ声をかけた。だが、彼が返事をするよりも早く、光弥は蒼白《そうはく》な顔で眞行へ詰め寄る。

「車……車を出してくれ。すまないが、眞行、僕を……」

「光弥様？」

「僕を、炎龍の病院まで連れて行ってくれ」

その一言に、全員がハッと息を飲んだ。

皆が凝視するのも構わず、光弥は指の震えを止めようと躍起になる。炎龍が撃たれた、と聞いた瞬間、身体が強張《こわば》って自由が利かなくなってしまったのだ。

「光弥？　大丈夫かい？」

「顔色が真っ青だぞ。気分が悪いのか？」

兄たちが交互に尋ねる声も、なんだか水底から響いているように不明瞭《ふめいりょう》だ。

眞行がさりげなく腕を背中へ回し、ふらつく光弥をしっかりと支えてくれた。

「お気を確かに。炎龍様は、命に別状はない、と聞いております」

「眞行……」

救いを求めるように見上げると、眞行は眼鏡《めがね》越しの瞳を和らげ、光弥にしか見せない穏やかな微笑でしっかりと頷き返す。

「今すぐ車をお出しします」

「え、何? なんか……」

「二人の世界、みたいな?」

独特の空気を醸《かも》し出す二人へ、兄たちがやっかみ半分の感想を漏らした。だが、光弥は冷やかしなんかに構ってはいられない。一刻も早く病院へ駆けつけ、この目で炎龍の無事を確かめるまで他のことを考える余裕など皆無だった。小出しに味わってきた危険が、ついに大きく事態を動かし始めた気がする。

(だけど、どうして撃たれたりなんか……。護衛は、どうしていたんだよ……)

歯がゆい思いを抱えながら、光弥は無意識に口づけられた唇を噛《か》んでいた。


「あ……」

炎龍は、都心の大手総合病院の特別フロアに入院していた。ＶＩＰ専門の個室があるというそこへ、光弥は専用のエレベーターで眞行と乗り込む。しかし、病室の前まで来たものの、思わず足が止まってしまう。見張りのように立つ数名の若者に、見覚えがあったからだ。

（あれは……確か船のデッキに現れて、襲撃の後片付けをしていた奴らだ）

全員が上等なスーツ姿で取り繕っているが、漂う剣呑《けんのん》な気配は隠せない。どうしよう、中へ入れてもらえるだろうか、と光弥が躊躇《ちゅうちょ》していると、元は彼らの仲間だった眞行がそっと声を落として囁《ささや》いた。

「あいつらは、炎龍様の直属の部下たちです。『黒夜《ヘイイエ》』でも生え抜きの連中ですよ」

「そうか。まぁ、病院じゃリュウトを連れ込むわけにはいかないもんな」

「お待ちください。光弥様が病室に入れるよう、私が交渉してきます」

眞行は澄ました様子で彼らの一人へ近づくと、流暢《りゅうちょう》な中国語で話しかける。そこには、かつての同朋だという馴れ合った空気は微塵《みじん》も感じられなかった。

庭での一件以来、炎龍は眞行に関して特に何も言ってはきていない。光弥が命を差し出すと約束したので、完全に『黒夜』とは無関係な人間とみなされたのかもしれなかった。ただ眞行本人はまだ納得しておらず、イザという時は自分が盾になりますから、と言っている。まさか額面通りに光弥の命を貰《もら》う、とは彼も解釈はしていないようだが、捻くれ者の炎龍が何を思いつくのかは誰にも想像がつかなかった。

「光弥様、入っていいそうです」

眞行のお陰ですんなり許可が下り、光弥はホッと安堵する。

「ただし、光弥様だけということですので、私はここでお待ちしています」

「わかった。どうもありがとう」

軽く頷き、相手方の青年にも会釈をすると、すれ違いざまボソリと呟く声が聞こえた。

「很是好的爱好（いい趣味だな）」

どういう意味だと憤慨すると、側で眞行が控えめに苦笑している。ここで揉《も》めても仕方がないので、光弥は気を取り直して病室の扉をノックした。


「……何をしに来た？」

ベッドで上半身を起こしていた炎龍が、眉《まゆ》をひそめて不機嫌にこちらを見る。彼のいる特別室はホテルと見紛《みまが》う豪華な造りだったが、見舞いの花籠《はなかご》一つ見当たらず、殺風景な印象は拭《ぬぐ》えなかった。恐らく、狙撃された件は徹底的に伏せられているのだろう。

「無事……だよね？」

ふらふらとベッドへ近づき、光弥は胸元から覗《のぞ》く包帯や点滴の管を呆然《ぼうぜん》と見つめる。

「どうして撃たれたりなんか……また護衛もつけずに歩いてたのかよ」

「防弾チョッキは着ていたが、至近距離だったので怪我《けが》は免《まぬが》れなかった。それだけだ。弾丸は左肩を掠《かす》っただけだし、軽い火傷《やけど》と裂傷は負ったが入院は検査のためで明日には退院する。おまえが心配するようなことは何もない」

「だけど……」

「屋敷へ電話一本入れれば、執事が容体を教えてくれたはずだ。何故そうしなかった？」

「え……あ、思いつかなかった……」

「バカな奴だな」

　正直に答えると、炎龍の表情がようやく和らいだ。彼は皮肉めいた目つきで笑うと、座れと傍らに置かれた一人掛けのソファを顎《あご》で示す。どうやら本当に何でもないようだ、と拍子抜けしながら腰を下ろした途端、光弥の口から深々と溜め息が零《こぼ》れ落ちた。

「眞行は連れてきたのか？」

「あ、うん。外の廊下に待たせてるけど」

「そうか」

「………」

　たったそれだけの会話に、数日前の夜が鮮やかに思い起こされる。

　眞行が『黒夜』の一員であり、西願《せいがん》家を偵察するために送り込まれていたこと。それでも、彼は光弥を主人に選ぶと言い切り、炎龍に斬られるところだったこと。二人の間へ飛び出した光弥へ炎龍がどんな思いを抱いたのか、それを確かめるのがためらわれて、試験勉強を口実になかなか連絡をできずにいた。そうしたら――『幻《ファン》』に撃たれたと聞いたのだ。

「あの、炎龍……」

「なんだ?」

「眞行のことは、その、本当にもういいんだよな?」

思い切って切り出すと、彼はゆっくりと光弥へ視線を合わせる。その瞳に浮かぶ色は怒りでも侮蔑《ぶべつ》でもなく、むしろ面白がっているような印象すら受けた。

「おまえが、約束を違えないと言うのならな」

「僕は、一時しのぎの嘘なんかつかないよ」

「それならば、もういい。どのみち、『黒夜』では使い道などない男だ」

「炎龍……」

「人間がいつまでも飼い犬のままでいると思うほど、私は愚かではない。あれは、私がおまえにやったんだ。好きにしろ」

「…………」

まるで物のような言い草に引っかかりはしたが、これは炎龍なりの精一杯の譲歩かもしれない。そもそも、自分が庇った程度で命拾いしたことの方が驚きだった。何といっても、眞行は裏切り者なのだ。もし、同じ場面にもう一度遭遇しても今度は助かるという保証はない。

「光弥、おまえは……」

思わず考え込んでいたら、不意に炎龍が真面目に問いかけてきた。

「己の命と引き換えにするほど、眞行が大切なのか？」

「え……」

いきなり何を、と面食らったが、すぐに光弥は思い当たる。あの時、眞行を放免する代わりに「おまえが命を差し出せ」と言われたのだ。同時に、炎龍から受けた情熱的な口づけを思い出し、たちまち顔が熱くなった。

「た……大切っていうか、見殺しにはできないだろ」

「甘いな。おまえを騙《だま》していた奴だぞ」

「彼は、僕を騙してなんかいない！」

反射的に、光弥は言い返す。あの夜、苦渋の表情で許しを請うた眞行は、明らかに炎龍の手にかかる覚悟を決めていた。彼は、己の命を賭《と》して、光弥への忠誠を口にしたのだ。

「眞行は、最初からずっと僕の味方だった。僕は眞行を信じているし、今だってその気持ちは少しも揺らいだりしないよ」

「あれがおまえを救ったのは、初めから書かれた筋書きだったとしてもか？」

「きっかけがなんであれ、その後の眞行が態度で示してくれた誠実さは本物だ。そうだろ？」

「誠実？　おまえに嘘をつき通し、西願家の実情を我々羅家に流していた男のどこにそんなものがある？　私が日本へ進出する際、西願家が……中でも光弥、おまえが一番与《くみ》しやすいと判断したのは眞行の情報があったればこそだ。おまえは駒《こま》としては最適だ、とな」

「………」

「どうだ？　それでも、まだ眞行を信じられるか？」

誠実、という言葉が癇《かん》に障ったのか、炎龍の口調が一層意地悪くなった。どこかムキになっているようにも感じられる声音に、光弥は少し狼狽《ろうばい》する。普段の彼なら、もっと余裕の笑みを浮かべながら傷つく光弥を観察しているはずだ。

「なんだ、急に黙り込んで」

自分でも、らしくないと思ったのだろう。珍しく、炎龍は気まずげな顔をする。人間らしい感情に溢れたその表情を見て、光弥は（もしや）と微《かす》かな希望を抱いた。

「炎龍……」

無意識に、唇が言葉を紡ぎ出す。胸に生まれた小さな期待は、すぐには打ち消すことができないほど強く光弥を惹きつけた。

「炎龍、僕は……」

一度捨てた部下へこだわるなんて、どう考えても炎龍らしくない。事実、先ほど「好きにしろ」と言った時はまるきり物扱いだった。それなのに、こうまで眞行の価値を光弥へ確かめたがるのは、一体何故なんだろう――。

『己の命と引き換えにするほど、眞行が大切なのか？』

冷やかしや揶揄《やゆ》ではなく、意外なくらい真面目に問いかけてきた顔。

炎龍が本当に訊《き》きたかったのは、その一言に対する真実なのではないだろうか。

「僕は……僕が大切なのは……」

何を言おうとしているのか、自分でもよくわからなかった。炎龍には、光弥にとって大切な存在が誰かなんて、きっとどうでもいいことだ。ただ相手が眞行なら何かに利用できるとか、それくらいの気持ちで訊いたに違いない。そう自分へ言い聞かせながら、それでも光弥は何かを否定したくてたまらなくなった。

そう、たとえ目の前の男に通じないとしても。

「僕は――」

その先は、言葉にならなかった。

強く腕を摑《つか》まれ、強引に抱き寄せられる。

次の瞬間、光弥は炎龍に唇を重ねられていた。

「んぅ……っ……」

不自然な体勢のまま呼吸を奪われ、くらりと目眩《めまい》に襲われる。唇を吸われ、舌を絡められると、ぞくぞくと肌に快感が走った。交わる吐息の甘美な毒に侵され、指さえ思うように動かせない。高鳴る鼓動が奏でるのは、戸惑いとは裏腹の悦《よろこ》びの音色だった。

「どうして……」

唇の隙間《すきま》から、切ない想いが溢れ出す。

愛《いと》しい衝動のまましがみつきたい気持ちを抑え、光弥は力なく炎龍の胸を押し返した。

「どうして、こんな真似《まね》をするんだよ。貴方は、僕を妹と結婚させたいんだろ？」

「嫌なら、本気で振り払え」

逆に手首を摑まれて、挑発的に瞳を覗かれる。

「口づけが不本意なら私の舌を嚙み切り、肌に爪を立てればいい。忘れるな、光弥。おまえは私のものだ。眞行の命と引き換えに、私はおまえを手に入れたんだ。未来の義弟だろうがなんだろうが、所有物を好きなように扱って何が悪い？」

「所有物……」

「男に口づけられるのは屈辱《くつじょく》か？　では、死ぬ気で抵抗してみせろ」

「炎龍！」

違う、そんなセリフが聞きたいんじゃない。

光弥は、心の中でそう叫んだ。知りたいのは炎龍の本心であり、同性の自分へ口づける動機だ。自分のものだという証《あかし》を刻みたいなら、何故それが唇なのかを教えてほしい。

「おまえは、かつて眞行の前で私への誓いを拒んだ」

「え……？」

突然、炎龍は思いもよらないことを言い出した。光弥は面食らい、なんのことだと訊き返し

そうになる。まさか、そんな些細《ささい》なやり取りを彼が気にしているとは思わなかった。

「誓いって……〝血を流せ〟っていう……」

「気に入らない」

「………」

不機嫌に言い捨てて、炎龍は飽きたと言わんばかりに光弥を突き放す。まるで嫉妬《しっと》でもされている気分になり、ますます光弥は困惑した。他人を見下し、執着などおよそ見せなかった炎龍が、あの程度の会話にまだ機嫌を損ねたままでいるなんて信じられなかった。

(まさか……眞行に妬《や》いてる……のか?)

そんな子どものような、と慌てて否定したが、向けられた横顔は少しだけ幼く映る。前にもどこかで同じ顔を見た気がして、光弥は急いで記憶を辿《たど》った。

(――あ)

そうか、と思いつくと同時に、脱力する。

リュウトだ。

この世で、炎龍がもっとも信頼している存在。彼自身の手で命を救い、慈しんで育てたリュウトに向ける素のままの目と、横顔に浮かぶ無防備な感情は確かに重なっていた。

「なんだ? 惚《ほう》けた面をして」

「あ、や、その……」

こういう場合、喜ぶべきなのか怒るべきなのか、まったく判断がつきかねる。幸い炎龍はこちらの物思いには無頓着だったが、光弥の方は平静ではいられなかった。犬以下か、と憤慨した頃を思えば肩を並べただけでも大した出世だが、単純に嬉《うれ》しいとはさすがに言えない。

「あの、炎龍……」

それでも、複雑に閉ざされた彼の扉が少しだけ開いたのは事実だった。

光弥は勇気を出して、もう一歩中へ踏み込んでみることにする。

「この間、僕が貴方の屋敷へ行ったのにはちゃんと理由があるんだ。兄たちから、見合いの仕切り直しができそうだと聞いて……それで……」

「ああ。私が今手掛けている仕事が片付いたら、の話だがな。おまえの要望通り、一ヶ月内の期限は守れそうだぞ。彗端も、だいぶ前向きになってきたようだし」

「炎龍は、本当にそれでいいのか？」

「私が？　どういう意味だ？」

「だから……」

「…………」

「僕が、貴方の妹と結婚してしまっても――」

心臓が、大きく音を立てて全身を震わせた。

光弥は息を飲み、膝の上で左右の拳《こぶし》を固く握りしめる。

「そのことを確かめたくて、あの夜、僕は……」

「これは、驚いたな。駒として役目を全うする、おまえはそう言ったはずだが？」

「それは……そうだけど……」

予想していたとはいえ、小馬鹿にしたような目つきで見られ、光弥の心は早くも挫《くじ》けそうになった。だが、ここで簡単に引き下がったら二度と同じ質問はできないだろう。まだ唇に炎龍の熱が残っている間に、持てる限りの気力を振り絞りたかった。

「僕が訊きたいのは、貴方が僕を妹と結婚させたいと思っているのかどうか、だよ」

「今更、どうしてそんなことを知りたがる？」

「だから、それは……」

「どうした？『黒夜』と縁続きになるのが怖くなったか？　羅炎龍の義弟になるのは、恐ろしいか？　私へ向かって啖呵《たんか》を切った、あの威勢はどこへ行った？」

「僕は、そんなことを言ってるんじゃないんだ！」

揶揄するような言葉の連続に、たまりかねて声を荒げる。こちらの真意など、炎龍はちゃんと気づいているはずだった。それなのに、どうしてはぐらかすような口をきくんだと、光弥は悲しくなってくる。もし答える気がないのなら、はっきりそう言えばいいだけだ。

「……わかった、もういい」

いくら粘ったところで、答えは同じだった。炎龍は何も言わないだろうし、こちらがどんな思いで話を切り出したか、永遠に理解なんかしようともしない。僅かでも本音が聞けるかも、なんて淡い望みを抱いた自分が愚かだったのだ。

（わかっている。こんなのは、ただの八つ当たりだって。炎龍の態度は初めからふざけたものだったし、僕のことなんかからかい甲斐《がい》がある、くらいにしか思ってないんだよな）

彼は、初対面から何も変わっていない。

変わったのは、光弥の方だった。

（ようやくわかった。僕は……いつの間にか、バカな思い違いをしていたんだ。彼の唇に、もしかしたら欠片《かけら》くらいは本気が混じってるんじゃないかって……そんな風に……）

炎龍と出会い、逢瀬《おうせ》を重ねるごとに色をつけていったもの。

それは、恋と名付けるにはあまりに荒々しい感情だった。

優しいときめきや安らかな時間とは無縁な、身を焦がすような激しい熱情。成り行きや条件から生まれた恋愛では味わうことのない、理不尽で矛盾だらけの愛おしい衝動。

年の離れた兄たちに溺愛《できあい》され、名家の末っ子として何不自由なく育ってきた自分を、炎龍は根底から壊す存在だった。一度は西願家の人間として生きるため、政略結婚ですら前向きに受け入れようと決めていたのに、今はどうしようもなく心が沈む。

「——帰る」

これ以上、醜態は晒《さら》せない。

光弥は立ち上がり、背中を向けて歩き出そうとした。だが咄嗟に右手首を掴まれ、カッと頭に血が上る。中途半端に構うのは、金輪際止めてほしかった。

「離せよっ」

怒りを堪《こら》えて言い放ち、炎龍を振り返る。ベッドからこちらを見上げる彼は、殊更に無表情だった。まるで、光弥に真実を見透かされまいと頑《かたく》なになっているようにさえ見えた。

「なんで引き止めるんだよ。早く離せってばっ」

「私に命令するな」

「な……」

「わからないようだから、何度でも言ってやる。光弥、おまえは私のものだ。だから、好きな時におまえに触れるし、好きな時に——」

黙れ、と思う。

聞きたくないし、言われたくない。自分は物ではないし、彼の駒でもない。気まぐれなキス一つで翻弄《ほんろう》されるような、そんな惨《みじ》めな男が西願光弥であってはいけないのだ。

「光弥……？」

話の途中で、炎龍が沈黙した。

光弥が、物も言わずに突然彼へ口づけたからだ。

「…………」

唇を強引に押しつけただけの、拙《つたな》いキス。

だが、炎龍を驚かせるには充分だったようだ。光弥は素早く身体を引くと、そのまま逃げるように駆け出した。

「光弥！」

炎龍の声を振り切って、病室から飛び出していく。自分が何をやっているのか、何を求めているのか、全《すべ》てが混乱の中だった。

「眞行！」

「光弥様？」

廊下で待機していた眞行に、光弥は救いを求めるようにしがみつく。

「光弥様？　どうされました、光弥様？」

眞行は驚いて何度も名前を呼んだが、答える気力など欠片も残っていなかった。

「脇腹《わきばら》が、抉《えぐ》れたんだって？」

眉間《みけん》に品良く皺《しわ》を寄せ、やれやれと見舞い客の片方が首を振る。

「防弾チョッキって、案外役に立たないんだね。至近距離で撃たれたら、肉が抉れてしまうなんて。炎龍、君らしくもない失態だなぁ」

「おい、霧弥。二度も抉れたって言うなよ。今晩、肉が食べられなくなるじゃないか」

もう一人が同じ顔で文句を言い、「見舞いだ」と桐《きり》の箱をベッドの上へ置いた。

「日本の伝統的な見舞いの品。製造者の名前入りの高級メロンだ。美味《うま》いぞ」

「生憎《あいにく》だが、抉れたというほどひどい怪我ではない。充分に動かせるし、今夜には退院する。

それより、光弥はどうしている？　試験を放り出して病院へ来たと聞いたぞ」

炎龍が「光弥」と口にした途端、その場の空気がさっと変化する。

「光弥……ね」

漆黒の瞳を冷ややかに凍りつかせ、二人はガラリと微笑の種類を変えた。ねちねち嫌味を言われるのも鬱陶《うっとう》しいが、彼らがこういう表情を見せる時は要注意だ。

「僕たち、君にはがっかりしているんだよ。この意味が、わかるかな？」

「炎龍、君はバカじゃない。俺たちが何を言いたいか、わかっているよな？」

温度のない眼差しが、こちらの失態を冷たく非難する。

「君を襲った『幻』の構成員、今朝方身元不明の水死体で見つかったらしいね」

「……そのようだな」

霧弥の言葉に、そんなことまで知っているのかと、炎龍は苦々しく思う。部下の仕事としては遅すぎるくらいだったが、ここで無駄な会話をする気にはなれなかった。

「奴らも、そろそろ考え直すだろう。まともなやり方では、私を殺せはしないと」

「お見事。君は、実に優秀な部下をお持ちだよ。少数精鋭ってヤツかな」

「ほんとだよな。なぁ、アレックス・ロー」

「…………」

わざわざ裏の通り名を口にして、彼らは挑発的にこちらを見下ろす。西願家は旧家の中でも名門中の名門と聞いていたが、とんでもない跡継ぎを生み出したものだ。

「何度も言うけど、光弥の安全には万全を期してもらいたい。それが確約できないなら、悪いけどビジネスの話も破棄だ」

「チンピラに発砲を許すなんて、アレックス・ローの名前が泣くよな。俺たちは、最愛の弟を駒にしているんだぞ。それ相応の覚悟は、君にも持ってもらわないと」

そんなこと、念を押されるまでもなかった。炎龍はウンザリと二人の文句を聞き流し、真っ青な顔で病室へ入ってきた光弥の姿を思い浮かべる。

(まったく、あいつには驚かされる。まさか、試験を放り出して駆けつけてくるとは)

光弥には左肩を掠っただけだと言ったが、実は傷はもう一つある。左の脇腹だ。あんまり蒼白になっていたので、泣かれたら面倒だと咄嗟に嘘をついたのだ。

(この私が、余計な気を回すなんてどうかしている。大体、あれが泣くようなタマか)

去り際の光弥を思い出し、忌々《いまいま》しく炎龍は呟く。

あんな拙いキスで自分を黙らせた者は、後にも先にも光弥だけだった。

(そこへもってきて、こいつらだ)

扱いの難しい双生児を、半ば持て余し気味にウンザリと見やる。

彼らは『切れ者』という噂《うわさ》に違わず、ビジネスパートナーとしてはなかなか頼もしかった。『黒夜』の存在を知っても平然としているし、溺愛する弟の縁談にも尻込《しりご》みするどころか大いに乗り気だ。だが、炎龍が撃たれたと知って、光弥の身が急に心配になったのだろう。その点は、どうやら人並みの感覚だったようだ。

「光弥の試験は、追試でどうにかなると思うよ。あの子は真面目に単位を取っているし、入学時から成績も常にトップクラスだ。僕たちの弟だからね、頭脳は優秀だよ」

「『幻』との抗争が落ち着くまで、大学の行き帰りにも眞行を付けることにした。ま、彼がいるならひとまず安心だな。可愛《かわい》い光弥を守るためなら、手段を選ばない怖い男だから」

「ほう。それが本当なら、我が組織に高待遇で迎えたいところだ」

炎龍がとぼけた口をきくと、尋弥がケロリとした調子で「できるさ」と請け負った。

「光弥を手に入れれば、必然的に眞行も付いてくる。彼は、死ぬまで光弥の世話係だ」

「ふん?」

「でも、そんな回りくどい真似なんかする必要ないよな？　アレックス？」

「………」

ベッドの端へ腰かけ、尋弥が意味ありげに身体を乗り出してくる。その右手が炎龍の傷ついた肩へ置かれ、徐々に力が加えられていった。

「眞行は、もともとおまえの部下だ。スパイとして西願家へ送り込んだ――だろ？」

「僕たちが、偽造した身元に気づかないとでも思った？　仮にも、光弥の身辺を守らせる相手だよ？　あんまり見くびってもらっちゃ、困るなぁ」

二人は晴れやかな笑顔を浮かべ、左右から炎龍をねめつける。尋弥の無遠慮な指に顔をしかめ、屈《かが》んで反応を窺《うかが》う霧弥を睨《にら》み返し、炎龍は（やれやれ）と溜め息をついた。

「おまえらだって、私を見くびってもらっては困る」

「どういうことかな？」

「とぼけるな。おまえらは、もともと羅家と婚姻《こんいん》を結ぶ気などないだろう？　私が持ちかけた縁談に乗った振りをして、交換条件に『幻』の壊滅を仄《ほの》めかす。だが、首尾よく『黒夜』が勝利したとしても、香港《ホンコン》マフィアに可愛い弟をやるのは真っ平ご免だ。……違うか？」

「違うか、だってよ。霧弥」

「訂正する隙もない、まったくの正論だねぇ、尋弥」

炎龍の指摘にも狼狽《ろうばい》せず、二人はますます楽しそうに微笑《ほほえ》む。

「じゃあ、君は最初からわかってたんだね？　僕と尋弥が、『幻』と『黒夜』の共倒れを望んでいたってことを。その割に、けっこうしぶとくない？」

「生憎と、他人の思惑通りになってやる義理はない」

肩へ食い込む尋弥の指を振り払い、炎龍は霧弥へ笑みを返した。

彼らが共倒れを見込んで話を持ちかけてきたのは明白だが、あえて知らん顔で乗ったのは自信があったからだ。『幻』は手段を選ばない武闘派でこじらせると厄介《やっかい》な組織ではあるが、所《しょ》詮《せん》『黒夜』の敵ではない。折よく義兄と手を組んでくれたこともあり、叩き潰《つぶ》すには充分すぎる理由ができた。

「で、どうするんだ？　互いに手の内は見せ合ったところで、次の一手を考えなきゃな」

指は引っ込めたものの、尋弥は一向に身体を引かない。自分たちの目論見《もくろみ》が露見し、あまつさえ見込み違いの結果になろうとしているのに、少しもバツの悪さなど感じていないようだ。

それは反対側に立つ霧弥も同じで、やはりニコニコと炎龍を見下ろして言った。

「眞行が、こっちへ寝返ったのは残念だったね。これは、僕たちの読み通りだったな。光弥の側に四六時中控えていて、あの子に情を移さないわけないいんだから」

「とんだ弟バカだな」

「そう？　ま、眞行が暗殺者だって言うなら呑気《のんき》にしてなかったけどさ。ただのスパイじゃ、光弥には直接害がないし。彼、本当に腕は立つからね。『黒夜』の一員だってだけでクビにするのは勿体《もったい》なかったから」

「正論だな」

先刻の霧弥のセリフを真似、炎龍もくっくっと喉《のど》を震わせる。

「では、光弥が眞行の代わりに私へ命を差し出したのは知っているか？」

「それは……アレだろ、言葉のアヤって奴だろ」

「眞行から報告は受けてるけど、実際に君が光弥を手に掛けるわけじゃないんだし」

そうは言いつつも、二人は目に見えてうろたえ始めた。炎龍だけを相手にするなら幾らでも画策はするが、光弥が自身で決めた覚悟となるとそう簡単には翻《ひるがえ》せないからだ。曲者《くせもの》の兄たちをもってしても、光弥の頑固さは手を焼くものらしい。

「あの子は、世間知らずな分、変に一本気なんだよねぇ」

深々と溜め息をつき、霧弥が「降参」とでも言いたげに呟いた。

「おまえなんかの、どこがそんなにいいんだろうな。無愛想で偉そうな犬オタクなのに」

「尋弥、いくらなんでも失礼だよ。仮にも、彼は羅家の総帥《そうすい》だよ？　これから、僕たちはひとまず手を組まなきゃならないんだから。そうだよね、炎龍？」

「まぁ、そうだな」

霧弥の言葉に同意し、とりあえず尋弥の暴言には目を瞑《つむ》ってやることにする。二人の人格には辟易《へきえき》するが、お陰で光弥という人間を知ることができたのだ。

もし霧弥たちが「冗談じゃない」とケンもホロロに羅家との見合いを断っていたら、炎龍は別の形で西願家へ接触せねばならなかっただろう。やり方によっては光弥の恨みを買ったかもしれないし、あるいは本当に彼を手に掛ける羽目にならなかったとも限らない。

「じゃ、当初の予定通りに見合いは進めるってことでいいよね？」

「妹の方は、本当に説得できているんだろうな？　今度、光弥に恥をかかせたら俺たちも黙ってはいないぞ？」

「わかっている。そろそろ『幻』とも決着がつく頃だ。奴らは我々に資金源を潰され、起死回生を狙《ねら》って焦っている。一発で私を確実に殺せなかったのが、いい証拠だ」

くどいくらいに念を押され、炎龍はふと光弥のセリフを思い出した。

『炎龍は、本当にそれでいいのか？』

儚《はかな》い期待を瞳に浮かべ、何かを求めるように震えていた睫毛。あの時、光弥が望む答えを口にしていたら目の前の双生児はどうしただろうか。あえて無視するしかなかった問いかけは、光弥からの不意打ちのキスと共に炎龍を惑わせていた。

「――霧弥、尋弥」

唐突にある決意を固め、炎龍は帰りかけた二人に向かって口を開く。

「帰ったら、光弥へ伝えてくれ。見合いは一週間後だ」

「え？」

「異論はないな？」

「そりゃ……こっちは構わないけど……」

警戒心を露《あら》わにしながら、彼らは試すようにジッとこちらを見る。
だが、いくら眺めたところで炎龍のポーカーフェイスが崩れるわけもない。
やがて、二人は声を揃《そろ》えて「では、妹さんによろしく」とにこやかに話を終わらせた。

# 7

「一週間後？　それ、どういうことだよ？」

老執事の制止を振り切り、光弥《みつや》は炎龍《イエンロン》のサロンへズカズカと踏み込んでいく。不調法は承知の上だったが、どうしても家でおとなしくなどしていられなかった。

「答えろよ、炎龍。昨日の今日で、よくそんなことが言えるもんだよなっ」

「騒々しいな。二度も続けて夜中に怒鳴り込んでくるとは。それでも良家の子息か？」

足元にリュウトをはべらせ、寝酒にウィスキーを嗜《たしな》んでいた炎龍が、長椅子《ながいす》からゆっくりと視線を流してくる。主人が相手をするのを見て、老執事は無言で扉を閉めると静かに立ち去っていった。

「眞行《しんぎょう》はどうした？　今夜はお忍びの外出か？」

「そんなことより、僕の質問に答えろってば！」

「………」

「さっき、兄さんたちから聞いたんだ。一週間後、見合いをやり直すって」

「仕切り直しの話は、ずっと詰めてきただろう。今更、何を慌てているんだ？」

「だって……」

改まって訊《き》かれれば、確かに狼狽《ろうばい》する自分の方がおかしいのかもしれない。

けれど、光弥にはどうしても納得がいかなかった。昨日、病室でキスを仕掛けたから、予防線のつもりで日取りを決められたような気がしてならないからだ。結局、妹との見合いをどう思っているのか、という質問にも答えてもらえなかったので、自分が勝手に盛り上がっているだけなんだと悲しく思ってはいた。だが、こんなに急に話を進められると、そのあからさまな反応にやはり傷ついてしまう。

一言でいいのに、と心の中で切なく呟《つぶや》く。

おまえには特別な感情などない、とはっきり言ってくれれば、キスも抱擁《ほうよう》も戯《たわむ》れや気まぐれにすぎないのだと、自分へ言い聞かせることができるのに。

「光弥、私は一週間後に帰国する」

「え？」

「その前に、見合いの行く末だけは見届けようと思っている。それだけのことだ」

「帰国……」

口の中で反芻《はんすう》し、すっかり失念していた自分に愕然《がくぜん》とした。

そうだ、炎龍は異国の人間でいつかは帰る相手なのだ。

「妹さんは……納得したんだ？」

「当たり前だ。二度も見合いをすっぽかすような真似《まね》は、私が絶対に許さない。安心しろ」

「別に……心配なんか……」

穏やかな語り口に調子が狂ってしまい、次第に声から覇気《はき》が失われていく。こんなはずじゃなかったと慌てても、肝心の炎龍がおとなしいので喧嘩《けんか》のしようがなかった。

（帰る……のか。それはそうだよな。炎龍は、ビジネスで来日していただけなんだ。それが片付けば……もう滞在の理由なんかない……）

言いたいことはたくさんあったのに、どれもこれもくだらなく思えて、光弥は来たことを早くも後悔する。だが、まるで何もなかったように「見合いが決まったよ」と告げられた瞬間、矢も盾もたまらない気持ちになったのだ。

炎龍と直接話し、その口から見合いの真意をもう一度聞きたい。それだけの衝動で、眞行すら振りきって夜に車を飛ばしてきてしまった。

「炎龍……あの……」

気のせいだろうか。今夜の炎龍は、どこか淡々として取りつく島がない。あまりに感情的な光弥を見て、白けてしまったのかもしれない。

「……ごめん……突然来たりして」

「まったくだ。お陰で、ちょっと厄介《やっかい》なことになった。どうしてくれる」

「そ、そこまで言わなくたっていいだろっ」

あまりな言い草にムッとすると、いきなり炎龍が立ち上がった。反応したリュウトがピンと耳を立て、地紋の入った深緑色の長袍《チャンパオ》がさらさらと衣擦《きぬず》れの音をたてる。

「炎龍……どうした？」

「静かに。光弥、私が合図したら、長椅子の陰へ急いで回り込め」

「え？」

「廊下で騒ぎが起これば、執事たちが巻き添えになる。彼らには、不穏な空気を感じたら部屋にこもって決して出るなと厳命してはいるが……用心に越したことはない」

「用心って……まさか……」

「案ずるな。おまえは、私が必ず守る。それに、いい加減に慣れてきた頃だろう？　――こういう場面に！」

言うが早いかグラスを摑《つか》み、炎龍は中身をドアに向かってぶちまける。ほぼ同時に部屋へ押し入ってきた男が、まともにウィスキーを浴びてたじろいだ。すかさずダッシュしたリュウトが牙《きば》をむきだし、「動くな」と相手を威嚇《いかく》する。

「い、いつの間に……」

「光弥！」

鋭い声に背中を押され、光弥は夢中で長椅子の陰にしゃがんで身を潜めた。どうにか逸《はや》る心臓を宥《なだ》めて陰から様子を窺《うかが》うと、すぐにバタバタと足音がして四、五人の男たちがサロンへ駆け込んでくる。彼らは手に小型の拳銃《けんじゅう》を握っていたが、先に乗り込んだ仲間が髪の先からウイスキーを滴《したた》らせているのを見ると、何事かとギョッとして足を止めた。

（どうして、侵入者がこんなに……。セキュリティは、しっかりしているはずなのに）

真っ先に胸へ浮かんだ疑問に、先ほどの炎龍のセリフが蘇《よみがえ》る。

『お陰で、ちょっと厄介なことになった。どうしてくれる』

厄介なこと、というのは、もしかして今の事態を指しているのだろうか。だとすれば、炎龍は今夜屋敷が襲われるとあらかじめわかっていたのだ。

（そこへ、僕がのこのこやってきたってことか……？）

だが、危険を察知していた割には彼の態度は落ち着き払っていた。屋敷の警護も手薄のようだし、まるで「襲ってください」と言わんばかりに隙《すき》だらけだ。

（ということは、もしかして……）

ハッとして炎龍を見ると、その右手にはいつの間にか銀細工のジッポが光っている。どうやら光弥の読みは的中したようで、炎龍は軽やかな調子で唇を動かした。

「どうする？　このまま屋敷から去らないのなら、今からその男に火をつけるぞ」

「何……」

「純度の高いウィスキーだ。さぞ、よく燃えるだろうな？」

青い炎を揺らめかせながら、冷酷な言葉を舌に乗せる。こいつなら、必ず実行する。そう確信させる、一切の揺らぎのない声だった。

（本気か？　炎龍の奴、本気で相手を焼き殺すつもりなのかよ？）

ぞくっと背筋が寒くなり、光弥は慌てて両手で身体を抱く。だが、寒気を覚えたのは敵も同じのようで、それぞれの顔に焦りの色が見え始めた。おまけに、火をつけると脅《おど》された本人はリュウトが睨《にら》みを利かせていて、その場から逃げることさえできずにいる。

「や、やめろ……」

狼狽しきった様子で、男は近づく炎龍を空《むな》しく右手で振り払おうとした。

「来るな！　来るんじゃない！　やめろ……やめろぉっ！　早くライターを下ろせぇっ！」

「これはまた、ずいぶんとおしゃべりな兵隊だ。まぁ、玉砕覚悟でここまで来たのは褒《ほ》めてやる。だが、私の屋敷をこれ以上汚すことは許さない。追っ手はかけないと約束してやるから、とっとと引き返すんだな」

「ぬかしやがれ！」

自棄《やけ》を起こした一人が、銃口を炎龍へ向ける。光弥はハッと身を固くし、全身を冷たい汗が流れていった。

――が。

「リュウト！」

相手が引き金を引くより早く、リュウトが飛びかかり喉笛《のどぶえ》に牙を立てる。叫び声が室内を満たした瞬間、炎龍が次々と暗器の短剣を男たちへ投げつけた。

「うあぁぁっ」

「ぎゃッ」

腕や足を串刺《くしざ》しにされ、彼らは痛みにもんどりうつ。それでも抵抗しようとする者は、リュウトが牙で黙らせた。

「さぁ、どうする？　これで、勝算はゼロに近くなった」

傷を押さえて呻《うめ》く彼らへ、楽しげに炎龍は宣告する。その言葉を待っていたかのように、テラスへ通じる窓の向こうから銃を構えた男たちがズラリと姿を現した。

（あれは……病院にいた炎龍の部下たちだ）

呆然《ぼうぜん》と成り行きを見つめていた光弥は、全《すべ》てが計算尽くだったことを確信する。敵の来襲を逆手に取り、炎龍は返り討《う》ちにするつもりだったのだ。

「なんで……わかった……」

男の一人が、燃えるような憎しみの目で炎龍を見る。愚問だとでも言いたげに薄く笑みを零《こぼ》し、炎龍は「火の粉を、ちまちま払うのはもう面倒だ」と言い放った。

「しばらくは退屈しのぎになったが、帰国まで一週間しか残っていないしな」

「あと……一週間だと？」

「そうだが？」

その瞬間、痛みに這《は》いつくばっていた男たちが一斉に顔を強張《こわば》らせた。それを見た炎龍の唇に、一層酷薄な微笑が刻まれる。見惚《みと》れるほど美しい悪鬼は、凍りつくような声で言った。

「だから、ぜひとも近日中に戦争の口実が欲しかった」

「――――」

「おまえたちも、羅《ロー》炎龍の屋敷へ乗り込んで怪我《けが》だけで終わるとは思うまい？」

ニヤリと凄絶《せいぜつ》に笑んでみせた途端、男たちは蒼白《そうはく》なままサロンから逃げ出していく。その光景は、まるで薬を焚《た》かれた害虫が我先にと散っていくのを連想させた。緊張を解いた光弥が大きく息をつき、やれやれと長椅子の陰から立ち上がろうとする。

その時、表情一つ変えずに炎龍が部下へ命令した。

「――快追（追え）」

追っ手はかけない、と言ったくせに、と光弥は耳を疑う。だが、連中を追ってまずリュウトが飛び出していき、その後を部下たちが足早についていった。

（殺す……つもりなんだ。あの男たちを、炎龍は全部……）

誰もいなくなったサロンに、光弥と炎龍だけが残される。

何もなかったかのような静寂が、再び室内へ戻ってきていた。

「炎龍……」

「私が帰国すれば、暗殺は難しくなる。だから、敵方へ明日の便で飛ぶと偽の情報を流しておいた。ついでに見合いの件を聞けば、光弥、おまえはきっと屋敷へ来るだろう」

「え？」

「おまえの車が敷地へ入る際、わざと連中の侵入を見逃しておいた。後は、私の部下がどうとでも片をつける。今夜のことを口実に、『幻《ファン》』の息の根も止めてやる。相手方のボスを、こうまであからさまに殺そうとしたんだ。私が叩《たた》き潰《つぶ》したところで、どこも同情はしないだろう」

「で、でも、〝厄介なことになった〟って……」

「まさか、眞行を置いて一人で来るとは思わなかった」

「………」

意外な返答に、光弥はますます混乱する。

炎龍は、眞行を見捨てたはずではなかったのだろうか。

「おまえを守るという名目があれば、あいつも働きやすい。ただで自由にしてやるのは面白くないから、最後に一度くらいコキ使ってやろうと思っただけだ。まさか、足手まといが一人でやってくるとは計算外だった」

「な……っ。悪かったな、足手まといで！」

確かに、隠れているしか能はなかったが、光弥は激しく憤慨する。炎龍は床に落ちた銃をひょいと拾い上げると、手の中で弄《もてあそ》びながら愉快そうに言った。

「怖かったか？　今度から、夜の外出には不審な輩《やから》が付いてこないか充分に注意することだ」

「僕が怒っているのは、そんなことじゃない！」

「ふん？」

「見合いの話で、僕を釣《つ》ろうとしたじゃないか。日取りが決まれば、僕がここへ血相を変えてやってくるのを見越した上で。それって、つまり……」

「………」

「つまり、僕が傷つくってわかってたってことだろう……？」

情けないが、最後の方は声が震えてしまう。炎龍はこちらの気持ちを見透かして、罠《わな》に利用しようとしたのだ。その事実は、やはり光弥には耐え難かった。

月下の庭でも、病室でも、一度として炎龍から愛など告げられてはいない。彼が示すのはいつでも独占欲と支配欲だけで、光弥の求める答えなど与える気はなさそうに見えた。だから、傷つくのだってそちらの勝手だと言われれば、返す言葉なんて一つもない。

（それなのに……僕は……）

光弥は、己の不甲斐《ふがい》なさに唇を噛《か》んだ。

何度傷つけられ、利用されようと、どうしても炎龍を嫌うことができない。そんな自分は、もうどこかおかしいのだ。かろうじてプライドだけで立ってはいられるが、本当は今すぐにでも膝《ひざ》を折って崩れてしまいたいほど、愛されない我が身が悲しかった。

なんとか気力を奮い起こそうとしたが、上手《うま》くいかずに気ばかりが焦る。そんな光弥の頭上から、不意に声が降りかかった。

「光弥、どうした？」

「……なんでもないよ」

どうせ言葉を尽くして説明したところで、炎龍にわかるわけがない。第一、妹の婿《むこ》にと選んだ男から「貴方が好きだ」と言われても、悪い冗談にしかならないだろう。

光弥は俯《うつむ》き、想いを今夜限りで封印しようと心に決める。どのみち、見合いは一週間後なのだ。今更、全てを白紙には戻せない。

（それに、やっぱり彼は僕を利用することしか考えてないんだ。今夜だって、いくら敵を潰すためだからって、僕を使ってわざと侵入をさせるなんて……）

そこまで考えて、ふと一つの疑問が脳裏に浮かんだ。

今夜と似たシチュエーションが、つい最近もあったからだ。

（まさか……）

東屋《あずまや》の前で眞行の正体がバレたきっかけは、炎龍を狙撃《そげき》しようとした敵を眞行が阻止したからだった。けれど、冷静に思い返せば易々《やすやす》と庭まで入りこめたのはおかしいし、敵の気配にリュウトが無頓着でいたのも理解し難い。実際に発砲寸前まで、リュウトはおとなしく傍《かたわ》らに寝そべっていただけなのだ。

「光弥？　顔が真っ青だぞ。なんだ、やはり怖いのか？」

「炎龍……」

そんな、と絶望的な思いが胸を塞《ふさ》いだ。炎龍は無頓着な様子で、光弥が狼狽する様を眺めている。だが、光弥の中で疑惑が確信になるまでにそう時間はかからなかった。

「もしかして……」

間違いであってほしい。思い過ごしであってくれと、祈るような気持ちで唇を開く。

「この前、庭で狙撃しようとした男……」

「………」

「あれは、貴方じゃなくて僕を狙っていたのか……？」

その途端、炎龍の顔から表情が消えた。

やっぱり……と、足元が崩れるような思いに襲われながら光弥は呟く。

「ようやく納得がいった。眞行の裏切りに腹を立てた貴方は、彼を罠に嵌《は》めたんだ。部下を使って僕を狙《ねら》わせて、嫌でも眞行の正体がバレるように。——そうだろう？」

「傷はつけるな、と言い含めておいた」

「え……？」

「弾は当てるなと。発砲の素振りさえ見せれば、それだけで眞行は動く。別に、おまえを傷つけようとしたわけではない」

「そんな……」

珍しく、炎龍は言い訳めいたことを口にする。それまで余裕で笑んでいた口元が、続けて何かを言いかけて止まった。もし、それが謝罪の言葉であれば恐らく光弥は救われただろう。けれど、ハナから彼にそんなものは期待していなかったし、責めたところで「何が悪い」と言われるのがオチだった。

（もう……疲れたな……）

一度は、駒《こま》として生きようと決めたのだ。炎龍の役に立つなら利用されても構わないし、いちいち傷つくなんて鬱陶《うっとう》しい真似もしたくない。それは、光弥の本音だった。

だが、自分の大事な人たちを巻き込むなら話は別だ。そういう世界しか知らず、他のやり方を教えられずに育った炎龍には、きっと永遠にわからない感情だとしても。

「この部屋は、血の臭いで一杯だな」

赤い染みが飛び散った床を見つめ、光弥はポツリと呟いた。

「やっぱり、僕には馴染《なじ》めないみたいだ。……帰るよ」

「帰る？　一人でか？」

「もう、今夜の僕の役目は終わったんだろ？」

「…………」

「じゃあ、おやすみ。炎龍」

ゆっくりと顔を上げ、形ばかりの挨拶《あいさつ》を口にする。炎龍は面食らったような顔で、そんな光弥を呆然と見つめ返してきた。

なんだか、子どもみたいだ――そう、心の中で光弥は思う。

己の咎《とが》も知らず、業にも気づかず、だから捨てられる理由もわからない。

暴力や謀略で屈服させ、他人を支配することで今日まで炎龍は生き延びてきた。その歪《ゆが》んだ道の果てに立っていることを、今初めて彼は自覚したように見える。

「……帰るな」

苛立《いらだ》ちと動揺を含んだ声音が、その唇から零れ落ちた。

「行くな、光弥。このまま……」

「炎龍……」

「血の臭いの中で、私を一人にするな」

そう言うなり、炎龍の左手が光弥へ伸びる。

腰を強く抱き寄せられ、あっと思う間もなく目の前に真摯《しんし》な瞳が迫ってきた。

「血腥《ちなまぐさ》い男は嫌いか?」

「え……」

光弥は驚き、すぐには言葉が出てこない。よもや、彼から引き止められるとは想像さえしていなかった。炎龍の眼差しは微熱を帯び、触れる手は飢えを堪《こら》えているように震えている。

「答えろ、光弥。血にまみれた手で触れられるのは嫌か？」

「そんなの……」

「では、答えろ。どうなんだ」

「炎龍……」

光弥は、ようやく現実へ立ち返って微笑《ほほえ》みを浮かべた。

答えることに、なんの迷いも感じなかった。

「そんなの——今更だよ」

「今更……だと……」

「好きも嫌いもないよ。だって、それが貴方の匂《にお》いなんだから」

「…………」

「嫌だったら、もっと早くに逃げ出してるよ」

「……そうか」

ようやく、炎龍の顔から翳《かげ》りが消える。

彼は光弥を見返し、「やはり、おまえはバカな奴だ」と憎たらしいことを言った。

「私から逃げられる、最後のチャンスだったというのに。まさか翻意するとは」

「なんで、そういう言い方するかなぁ」

「覚悟しろ。おまえが、もう戻れないようにしてやる」

炎龍は小さく笑み、当たり前のように唇を重ねてくる。光弥は一瞬身体を固くしたが、逆らわずにゆっくりと彼を受け入れた。

「ん……っ……」

不埒《ふらち》な鼓動が胸を叩き、もっと強い刺激を求め出す。

交わる吐息が温度を上げて、湿った欲望に火を灯《とも》し始めた。

「……ん……う……」

帰るな、と言われただけで何もかも許すなんて、どこまで自分は愚かなんだろう。そんな風に自分を責めても、彼の情熱が非道な行為を凌駕《りょうが》する。自分を欲する唇や心をかき乱す繊細な指が、何よりも雄弁に欲望を伝えてくるせいだ。

「ふ……っ……んんっ……ん……」

傲慢《ごうまん》な舌が口腔《こうこう》内を蹂躙《じゅうりん》し、思うがままに愛撫《あいぶ》された。歯列を舐《な》められ、唾液《だえき》が混じり合い、零れる吐息をまた奪われる。

欲しい――と頭の片隅で思った。

そう、こんな優しい愛撫ではとても足らない。

キスより確かな、強烈な痛みが欲しい。

「炎龍、僕は……」

「抱くぞ」

「え？」

「おまえを抱く」

頭の中を覗《のぞ》かれたかと、一瞬光弥は面食らう。

だが、もとより炎龍はこちらに許可など求めてはいなかった。

「執事が顔を出すと面倒だ。寝室へ行く」

「あ……」

野性の色香に溢《あふ》れた瞳が自分を捕らえ、逃げるなんて許さないと言っている。

先刻の余韻《よいん》か、あるいは漂うウィスキーと血の臭いに酔ったのか。いずれにせよ、互いに理性などないに等しかった。

（炎龍……）

彼は銃を床へ放り出し、代わりに右手を掴んでくる。その横顔に惑いはなかったが、自分たちが寝れば妹への裏切りになることは、充分にわかっているはずだ。一週間後には見合いをし、自分たちは未来の義兄弟となる。そう定めたのは、炎龍自身なのだから。

――けれど。

（それでもいい。たとえ今夜が炎龍の気まぐれで、明日には忘れろと言われても……）

今夜は、最初で最後の夜になるかもしれない。

光弥は迷いを振り払い、彼に身を委《ゆだ》ねることを心に決めた——。

炎龍の寝室は広いが殺風景で、古びた壁には絵の一つも飾られていなかった。

「日本に来ても、ほとんど寝に帰るだけだ。ベッドと机があれば、事は足りる」

「それは、そうだろうけど……」

「羅家を仕切るようになってからは、一年の三分の一を東京《とうきょう》で過ごしている。今回の仕事がまとまって本格的に進出することになれば、取引先は更に増えるだろうしな」

表と裏、どちらの仕事なのか、謎めいた微笑からは計れない。導かれるままにキングサイズのベッドまで来たが、下手に間を空けてしまった分、羞恥《しゅうち》がじわじわと迫ってきた。

「どうした？　顔が強張っているぞ」

訊かずとも理由はわかっているくせに、相変わらず炎龍は意地悪だ。寝ると決めた以上、覚悟はしていたつもりだったが、ベッドサイドの照明だけを灯した薄暗い空間で押し倒されると、緊張のあまり視界が歪んできた。

「そんなに固くならなくてもいい。なんだ、光弥は童貞か？」

「ち、違うけど……今は恋人もいないし、こういうのちょっと久しぶりっていうか……」

「前の恋人は？　女か？」

「当たり前だろっ」

どんな質問だ、と呆《あき》れたが、考えてみれば炎龍のことを光弥は何も知らない。

気まぐれな口づけも組み敷く手順も慣れたものだから、まさか男が初めてということもないだろうが、それはそれで少し複雑な気持ちになった。

「何を考えている？」

光弥の額にかかる前髪を、長い指が優しく梳《す》いていく。先刻まで、対峙《たいじ》する男を火だるまにすると脅していた唇が、そっとこめかみに口づけてきた。

「大方、私の過去でも気になるのだろう」

「過去っていうか……現在っていうか」

「ん？」

「炎龍は、いいのか？　今、僕を抱くことで泣くような人はいないのか？」

「………」

光弥はあくまで真面目に訊いたのだが、何故だか炎龍は押し黙り、彼らしくなく戸惑った顔を見せる。何かまずいことを言ったかと焦り、光弥は半ば身体を起こしかけた。

「なんだよ？　僕の質問が何か……」

「もういいから。おまえは黙ってろ」

「え、どうして」

「おまえが何か言うたびに、こっちの勝手がどんどん狂う。大体、この状況で他人の心配などしている場合か？」

言われてみれば、もっともな話だ。唐突に頭が現実味を帯びてきて、光弥は今更のように頰《ほお》が熱くなるのを感じた。

「これ、どうやって脱がせればいいのかな」

間が持たないので、自分へ跨《また》がる炎龍の長袍にそっと手を伸ばしてみる。

「教えてくれよ。面白そうだ」

「人の服で遊ぶな」

素っ気なくあしらうと、マオカラーから右の脇《わき》までの切り返しに触れ、炎龍はいとも簡単にスナップを外した。

光沢のある生地がふわりと宙に舞い、細身だが見事に引き締まった上半身が露《あら》わになる。淡い光の中でその肌を見た光弥は、思わず軽く息を飲んでしまった。

「炎龍……これ……」

無意識に伸ばした指先が、無残に残った傷痕《きずあと》を恐る恐る撫《な》でる。他にも切られた痕や火傷《やけど》、手術痕《こん》など、数え切れないほどの痛ましい過去が肌にまざまざと刻まれていた。

「驚いたか？　言っただろう、ほとんどが昔の傷だ。何度死にかけたか、よく覚えていないくらいだからな」

「…………」

「どうした？　気が殺《そ》がれたか？」

「そうじゃないよ」

即座に否定して、光弥はきつく炎龍を睨《にら》みつける。

「僕に嘘をついただろ」

「なんのことだ」

「とぼけるなよ。左腕だけじゃなくて、脇腹にも怪我をしていたんじゃないかっ。なんだよ、この包帯。そんな身体で、さっきみたいな無茶をして！」

「何を言い出すかと思えば……」

咎められているというのに、炎龍はふっと呆れたように笑んでみせた。彼はそのまま短いキスで光弥の文句を封じると、からかうように瞳を覗き込んでくる。

「この期に及んで、ずいぶん悠長なことを。これからおまえとする行為の方が、三流のマフィアを追い払うよりも、よほど無茶な行為だとは思わないのか？」

「え……」

「初めてなのに、上に乗れ、とも言えないしな」

「う、上……って……」

意味するところを察した途端、顔が強烈に火照《ほて》ってきた。男同士で上手く愛し合えるかどうかもわからないのに、いきなりハードルを上げられた気分だ。

「あの、やっぱり今日はやめておこうか。ほら、炎龍の傷が悪化したら大変だし」

「ふん？」

「う……上とか言われても困るし」

「だから、言わないと言っているだろう」

真に受けて狼狽する光弥を、溜め息混じりに炎龍が押し戻す。

「バカが。もっと雰囲気を出せ」

憎まれ口を叩いた直後、その唇が再び降りてきた。どうやら、光弥にしゃべらせておくとろくでもないと悟ったようだ。

「ん……っ」

炎龍の口づけは人が変わったように丁寧で、光弥はたちまち細やかな愛撫の虜《とりこ》になる。

軽く啄《ついば》まれ、きつく吸われると、蕩《とろ》けてしまいそうな快感が走った。初々しい反応は炎龍を楽しませ、巧みな舌の動きが欲望をじんわりと煽《あお》っていく。何度重ねても今が初めてのように、新たな悦《よろこ》びが唇を甘く支配した。

「炎……龍……」

長いキスの終わりを溜め息で湿らせ、光弥は夢見心地で彼の指に身を任せる。

「光弥、おまえの肌も見せろ」

「え……」

返事を待たずにシャツのボタンが器用に外され、コットンパンツのジッパーがためらいもなく下ろされた。中途半端に乱された身体が、視線を浴びてしっとりと熱を上げていく。見られている、と思うだけで息が上がり、光弥は弱々しく身じろいだ。

「あんまり……見るなよ……」

注がれる視線の痛みに耐えかね、どこかへ隠れたいと真剣に願う。そんな様子を炎龍は楽しげに観察し、僅《わず》かな抵抗すら口づけでうやむやにしてしまった。

「炎龍……見るな……」

「恥ずかしいのか？　いつもの威勢はどこへ行った。私に嚙みつく、あの勢いは？」

「だったら……僕を怒らせればいいだろ……っ」

「面白い。もっと見せてくれ。光弥、おまえにはいろんな顔があるようだ」

どっちがだ、と言い返したかったが、遠慮なく右手を下着の中へ差し込まれ、びくりと全身が跳ね上がる。

「あ……っ……」

思わず反り返った背中を左手で支え、炎龍は光弥を強く抱き寄せた。裸の胸が重なり合い、互いの鼓動が響き合う。炎龍が小さく笑みを漏らし、耳元でそっと囁《ささや》いた。

「心臓が凄《すご》いぞ。ドクドクいっている」

「うるさ……ぁ……」

中心を優しく擦《こす》られて、憎まれ口も言えなくなる。身体が反射的に逃げかけたが、そんな自由を相手が許すはずもなかった。

「あ……ぁ……やめ……」

「すぐに先が濡《ぬ》れてきた。おまえと違って、ここは素直なようだ」

「……ん……っ」

やめろ、と言いたくても、敏感な場所は彼の手中で好きに悦ばされている。愛撫から生まれる刺激は波となって爪先まで押し寄せ、間断なく光弥を辱《はずかし》めた。

「おまえの熱が、高まってきた。私の手の中で、可愛《かわい》く啼《な》いている。……わかるか？」

「ん……ぅ……」

「また溢れてきたな。素直すぎて、我慢がきかないとみえる」

「炎……龍……も……黙……れよっ……」

わざと光弥が嫌がることを言い、その反応を面白がっている。悪趣味な奴、と罵《ののし》ってやりたかったが、いいように弄ばれている今はとてもそんな余裕などなかった。

「……ぁ……はっ……」

再びベッドに沈められ、下着ごと服を引き摺《ず》り下ろされる。巧みな指で煽られ、はっきりと欲望の形を見せる光弥自身は、炎龍が揶揄した通り淫靡《いんび》な蜜《みつ》に濡れてこの上なく淫《みだ》らだった。

「見るな……って……言ってる……のに」

「強情だな」

「その言い方が……嫌なんだ……っ」

「そう言われると、もっと苛《いじ》めたくなる」

「あ……っ」

グイ、と左の足首を摑まれ、抵抗する間もなく高く掲げられる。

何をされるのか理解する前に、無防備な中心に炎龍がためらうことなく唇を寄せた。

「やっ、やだ……炎龍、やめ……っ……」

「逆らうな。蕩かせてやる」

「ああっ」

震える場所へ吐息が甘く降りかかり、次いで音を立てて口づけられる。そのままゆっくりと口に含まれると、目も眩《くら》むような快感が身体を突き抜けた。

「あっ……ぁ……ああっ」

頭の中が真っ白になり、ただ身悶《みもだ》え、喘《あえ》ぐことしかできない。

光弥は渦巻く快楽に耐えきれなくなり、箍《たが》が外れたように唇を開いた。

「いや……炎龍、やめ……ろっ……やめ……」

無駄に嫌がる様を楽しみながら、炎龍は屹立《きつりつ》した部分に舌をねっとりと這わせていく。たっぷりの唾液で舐め上げ、丁寧にねぶられて、光弥は身悶えながら何度も背を反らした。

「や……ぁ……んん……っ……ん……」

喉が渇き、声が掠《かす》れても、炎龍の愛撫は激しさを増していくばかりだ。

淫靡に濡れた音が耳を刺激し、生温かな感触が感じやすい場所を責め続ける。その合間に彼の指が後ろに伸ばされ、快感に混じって入り口をほぐしていくのがわかった。

「……う……ぅ……う……っ」

宣言された通りに光弥は蕩け、涙を滲《にじ》ませながら炎龍に征服されていく。

身体の隅々が甘く痺《しび》れ、触れられてもいない胸の先端がぷくりと立ち上がっていた。

「おまえの身体は、本当に素直だ」

「炎……龍……？」

「私の意のまま……いや、それ以上に淫らに変わっていく。気に入った」

感嘆の吐息を漏らし、炎龍は微熱に濡れる光弥の中心を一層愛《いと》しげに愛撫する。舌先で先端を少し強めにつつかれると、堪えきれずにまた蜜が溢れ出た。

「こんな……僕ばかり……嫌だ」

上がる息の下から、まだそんな気丈なセリフを言ってしまう。その勝ち気さが炎龍を楽しませ、支配欲に火をつけていることなど、光弥は知る由もなかった。

「では、そろそろ私を満足させてくれ」

「え……？」

「自ら腰を浮かせて足を開け。私の目の前で、おまえの全てを見せてみろ」

「………」

達する寸前で愛撫を止められ、光弥の瞳はほとんど虚《うつ》ろだ。それでも炎龍の声は届き、乾いた唇を開いて「全てを……?」としどけない口調で問い返した。

「よく……わからない……。どうしたら、いいんだ……?」

命令された通りにそろそろと足を開きながら、泣きたいような気持ちで呟いてみる。

潤んで上気した肌は壮絶に色っぽく、涙を堪える頼りない表情が、それまで余裕だった炎龍を一瞬惑わせた。

「なん……だよ……僕の身体、どこかおかしいか?　それなら……そうと……」

「いや……見惚れていた」

正直な言葉に、言った炎龍自身が驚いてしまう。だが、何もかもを曝《さら》け出した光弥は、その答えが嬉《うれ》しくて小さく微笑んだ。

「そうなんだ……」

両手を伸ばし、炎龍をゆっくりと自分へ誘う。いつどこでそんな真似を覚えたのか、光弥にもよくわからなかった。

「炎龍……」

想いを込めて、名前を口にする。今は、一刻も早く彼の熱で満たしてほしいと、それだけしか考えられなかった。見合いのことも、西願家《せいがん》のことも、これまでの憂いが全て彼と交わる期待に変わっていく。

「手加減できないぞ?」

炎龍にしては珍しく、覚悟を促してきた。そんなに辛《つら》いものなのかと、光弥は頷きながら苦笑する。もし痛みがあるとしても、それこそが彼と一つになれた証《あかし》なのだ。炎龍が与える痛みなら、いくらでも耐えられると光弥は思った。

「大丈夫。僕は男だから、そう弱くはできていないよ」

「……生意気なことを」

炎龍も、僅かに微笑んだようだ。

視界が微熱に霞《かす》んでよく見えなかったが、柔らかな気配に光弥は安堵《あんど》した。

「力を抜け」

炎龍が手早く残った衣服を脱ぎ、光弥の最奥に先ほどの蜜で滑りを加える。それだけで充分とは言えなかったが、彼は性急に自身を押し進めてきた。

「あ……っ……あ……ああっ」

初めの衝撃に身を固くすると、「私にしがみつけ」と耳元で囁かれる。

光弥は必死で両手を伸ばし、弾力に富んだ愛しい肌にしがみついた。その直後、更に深い鈍痛が走り、ひゅっと喉の奥が鳴る。

「光弥……大丈夫か？」

「……う……平気……だから……」

痛みは思ったほどではなかったが、異物感に内臓が圧迫されそうだ。初めて味わう感覚に頭の芯《しん》がくらりとしたが、炎龍の分身だと思うだけで、辛さより喜びの方が勝った。

「う……ふ……っ……」

「耐えろ」

短い言葉は、素っ気ないが労《いたわ》りに満ちている。

光弥は夢中で頷き、彼の律動に慣れるまで懸命にその情熱を飲み込み続けた。

「あ……あっ……炎龍……炎龍……っ」

「く……っ」

炎龍の唇が漏れる吐息が、彼もまた快楽に溺《おぼ》れていることを教えてくれる。爪を立て、我を忘れて喘ぐ光弥にとって、彼の体温は唯一の拠《よ》り所だった。

「光弥……」

右の乳首を甘噛《あまが》みされ、律動と共に乱暴に舐め回される。食い千切られるかと思うほど強く吸われ、指で左を弄られながら、どこを感じているのかさえもうわからなくなった。

「は……っ……ぁ……あ、あ、あ……」

内側から蹂躙され、舌と指とで肌を犯される。

汗で擦れ合う場所が滑り、いやらしい音をたてるのが恥ずかしかった。

「おまえの中は、私に食いついて離さない。まったく……どこまで勝ち気なんだ」

「そんな……の、知らな……っ」

「だが、素直で正直だ。ここが好きなんだろう?」

「あぁっ」

もっとも感じる場所を巧みに突かれ、爪先まで震えが走る。

高まる情熱の固まりは、今や遅しと出口を求めて暴れ始めていた。

「あ……炎龍……炎龍ッ……」

「そうだ。もっと呼べ。そうしたら、褒美《ほうび》に達《い》かせてやる」

「炎龍……炎龍、炎龍……ッ……!」

気が狂ったようにしがみつき、無我夢中で名前を呼ぶ。

やがて快楽のうねりは大きな波となり、繋がった場所から絶頂へと幾度も打ち寄せ始めた。

「炎龍……っ……んんっ……ぅ……」

全身が火照り、喉は渇いてひりひり痛む。

だが、それでも光弥は壊れた玩具《おもちゃ》のように炎龍の名前を呼び続けた。

「炎龍……あぁっ……あああっ……」

最奥を突かれるたびに、内側から蕩けていく。犯される悦びを知った身体は、もう以前の光弥とは別人だった。炎龍に組み敷かれ、揺らされて、溶け合うほど肌が絡み合う。

「あ……もう……もう……炎龍……っ」

「光弥……光弥……っ……」

「ああっ…ぁ…ああっ……！」

掠れた声が一際高くなり、炎龍の囁きに混じって室内に散った。

「あ……――」

「……ん……っ……」

光弥が達するのを待って、炎龍が続けて絶頂へ向かう。

その迸《ほとばし》る熱を朦朧《もうろう》と受け止めながら、光弥は長い溜め息を漏らした。

「炎龍……」

「いい感じだ」

「え？」

「おまえの身体は、居心地がいい」

炎龍は掠れた声音で呟くと、汗に濡れた光弥の前髪をそっと指先で梳いていく。

最後の最後まで捻くれた物言いを……と可笑《おか》しかったが、光弥は黙って彼へ寄り添った。

（居心地……か……）

よくはわからないが、男同士にだって身体の相性というものはあるだろう。満足げな炎龍の様子に、光弥も少し嬉しくなった。

「……光弥」

しばらく沈黙が続いた後、改まって名前を呼ばれる。

その響きはすっかり乾いており、急に距離を感じさせるものだった。

「何……？」

「もう遅い。眞行に連絡して、車で迎えに来てもらえ」

「…………」

「どうした？　それとも、しんどくて動けないか？」

帰るなって、言ったくせに。

そんな文句が、喉元まで出かかった。

けれど、実際には何も言うことができず、余韻に疼《うず》く身体は急速に冷えていく。せめて、このまま朝まで一緒にいられたら、と願っていたが、炎龍にはその気がないようだった。

けれど、それも仕方のないことかもしれない。自分は、彼にとっては義弟になるはずの相手なのだ。一時の衝動で身体を重ねても、未来が描ける関係では決してない。

「そう……だよね。あんまり遅くなると、兄さんたちも心配するし……」

「悪いが、私はこのまま休むわけにはいかない。さっきの連中を追っていた部下たちも、そろそろ仕事を終えて戻ってくる頃だ」

「仕事……って……」

「そんな顔をしないで、いい加減に慣れろ。これが、私の生きている世界だ」

笑って言い返した後、炎龍は手早く服を着始めた。光弥も遅れてのろのろと起き上がり、床に散らばった服へ手を伸ばす。

「なんだ、案外平気そうだな」

「うん。言っただろ、女じゃないんだからって。そっちこそ、怪我の具合は？」

「今更だ」

ふてぶてしく答え、彼はベッドから機敏に立ち上がった。ほんの十分ほど前に愛し合ったとは思えないほど、その行動にはなんの未練も感じられない。

（多分、こんなのは……最初で最後なんだろうな）

光弥は、ポツリと自分自身へ言い聞かせた。

楔《くさび》を引き抜かれた後も、まだ炎龍が中に残っている気がする。けれど、いつかはその感覚も必ず消える時が来るだろう。涙の跡を舌で舐め取られた、あの優しい瞬間を思い出しながら、光弥は緩んだ気持ちを懸命に立て直そうとする。

（炎龍……僕は……）

こんな気持ちを抱いたまま、この先、何もなかった顔で義兄と呼べるのだろうか。

重ねた身体の重みの分だけ、また忘れるのが難しくなりそうだった。

# 8

「西願《せいがん》家も、ずいぶん舐められたものだね」

日頃は穏やかな口調を崩さない霧弥《きりや》が、珍しく不機嫌な声を露わにする。続けて隣に座っている尋弥《ひろや》が、「まったくだ」と憤りながら同意した。

「一度ならず二度までも、可愛い光弥《みつや》に恥をかかせるとはな。いや、これはもう光弥だけの問題じゃない。俺たち、西願家に対する挑戦だろう？」

「約束の時間は二時だったよね。もう三十分も過ぎている。まさか、羅《ロー》家はまたすっぽかす気じゃないだろうね？」

冗談じゃない、と兄たちは憤然としているが、当の光弥は革張りのソファに身体を沈めたまま、半分上の空で窓の外を眺めている。地上四十階の、都内でも指折りの一流ホテル。その最上階のスイートで、七月を明日に控えた今日、仕切り直された見合いが行われていた。

もっとも、またしても相手は姿を見せず、羅家の人間も一人として現れない。

一ヶ月前とまったく同じ展開に、光弥の心は嫌でも炎龍《イエンロン》を追いかけてしまった。

（あれから……全然連絡がないな）

彼と寝た夜から、ちょうど一週間がたつ。

炎龍の帰国は間もなくのはずだが、互いに連絡を取ることもなく、何をしているのかもわからなかった。何度か電話をしてみようかと考えたが、やっぱり勇気が出なかったのだ。

（それに、帰国の前に『幻《ファン》』を叩き潰すって言っていた。一応、注意してニュースをチェックしてるけど、よほど上手く立ち回ってるのか表立って情報は出てこないし。無茶なこと、していなきゃいいんだけど……）

兄たちなら、何か摑んでいるかもしれない。だが、彼らはもともと光弥と炎龍が会うことには気が進まないようだったので、尋ねたところではぐらかされるのがオチだった。

「炎龍の奴、ちゃんと妹は説得したと言っていたじゃないか」

「まったくだ。それなりのお返しはしないとな」

プライドを傷つけられ、兄たちの機嫌は悪くなる一方だ。この調子だと、本当に羅家との縁談は壊れる可能性がでてきた。光弥は溜め息をつき、炎龍と別れた夜に想いを馳《は》せる。

あの夜。

眞行《しんぎょう》が迎えにきて、屋敷を出ていくギリギリまで光弥は待っていた。炎龍が追ってきて、「見合いなど中止だ」と強引に宣言してくれるのを。

だが、引き止めるどころか、彼は寝室から出てくる気配すらなかった。

（だから、必死で諦《あきら》めようとしたのに……肝心の見合いをすっぽかされるとは思わなかった）

二度目のせいか、不思議と腹も立たない。むしろ、最後まで見合いを突っぱねた妹の根性に拍手を送りたいくらいだった。

（彼女に比べたら、僕は……）

たった一度の忘れ難い夜を胸に秘め、自分をごまかしたまま結婚しようだなんて、なんだかとても情けない。

「光弥、大丈夫かい？　今、眞行に状況を調べに行かせているからね。事と次第によっては、僕たちも今度は容赦しないよ」

「霧弥兄さん……」

考えに耽《ふけ》っていたら、霧弥が心配そうに声をかけてきた。続けて尋弥が、好戦的な調子で思わせぶりに腕を組む。

「西願家を――いや、俺たちを敵に回したら厄介だということを思い知らせてやる。相手がアレックス・ローなら、かなり遊べるだろうしな。それはそれで、楽しみだよ」

「アレックス・ロー？」

それは、初めて耳にする名前だ。

光弥が困惑していると、兄たちは「あ、そうか」といきなり声を揃《そろ》えた。

「光弥は、知らないんだったね。アレックスは、炎龍の香港《ホンコン》での通り名なんだよ。ほら、香港の人は自分で勝手に英語の名前を付けるだろう？」

「彼の場合は、日本名に龍登《りゅうと》も持っているから、全部で三つだな。ま、時と場合によってもっと使い分けていそうだけど」

「龍登……え、リュウト？　本当に？」

忠実な愛犬の姿が浮かび、思わず身を乗り出してしまう。では、炎龍は自分の名前を飼い犬につけていたのだ。

「なんでも、日本に住んでいた頃の名前らしいよ。海外へ渡ってからは、封印しているみたいだけど。彼、子どもの頃は自分が生粋の日本人だと思っていたんだってさ」

「名前を……封印……」

炎龍とアレックス。

二つの名前を持ちながら、日本名だけは棄《す》てざるを得なかった。そんな炎龍の複雑な過去を思って、光弥の胸は強く痛む。

『私と彗端《シュイシエイ》の母は——日本人だ』

亡くなった母親の鎮魂を願い、一年に一度だけひっそりと舞う剣舞。

それを知るのは世界でおまえとリュウトだけだと、真摯な声音で彼は教えてくれた。

「炎龍……」

小さな瞬間の一つ一つが、彼への愛しさとなって溢れ出してくる。それは、いつしか尽きぬ泉となって、光弥の胸に激しい情熱をかき立てた。

そうなんだ、と目の覚めるような思いで光弥は呟く。

(僕は、間違っていた。待っているだけじゃ、ダメなんだ。引き止められ、炎龍がいつもの強引さで奪ってくれるのを期待するだけじゃ、今までと何も変わらない。駒でいるのが嫌なら、僕自身が態度で示さなくちゃ)

光弥は、おもむろにソファから立ち上がる。塔に閉じ込められた姫君のように、誰かの救いを待っているだけではダメだ。そんな生温《なまぬる》い方法では、あの男は永遠に手に入らない。

——行こう。炎龍のところへ。

受け入れてくれる保証なんてなかった。一度寝たからといって本気になるなと、すげなく追い返されるかもしれない。見合いが壊れた以上、光弥の存在は炎龍にとってなんのメリットもないのだから。

(だけど、僕はそうしたい。あの男が、どうしても欲しいんだ。兄さんたちは許してくれないだろうけど、それなら西願家から追い出されたっていい。僕は、炎龍が好きなんだ。他のものは何もいらない。欲しいのは彼だけだ。彼の身体と心が欲しい)

生まれて初めて、何もかも棄ててもいいと心から思った。

彼の側で生きられるのなら、何度危険な目に遭《あ》っても構わない。

(ようやくわかった。僕が、本当に選ぶべき道が。僕が、生涯の伴侶《はんりょ》に誰を求めていたか)

共に生きて、共に死ぬ。

それを『結婚』と呼ぶのなら、自分が娶《めと》るべき相手は彗端ではなく——炎龍なのだ。

「どうしたの、光弥。思い詰めた顔で」

「無理もないよな。二度も屈辱を味わわされたんだ。でも、俺たちが必ず復讐《ふくしゅう》してやるから、気を取り直して……」

「霧弥兄さん、尋弥兄さん」

猫なで声で慰めようとする兄たちを、光弥はきっぱりとした声で撥《は》ねつける。

「僕は、今から炎龍のところへ行ってくる」

「えっ！」

意表を突く一言に、二人が同時に顔色を変えた。だが、光弥はもう迷わない。口に出したお陰で、却《かえ》って腹が据《す》わってきた。

「本気だよ。だって、彼はもう香港へ戻ってしまう。急がないと間に合わない」

「ちょっ、ちょっと待って。光弥、頭に来るのはわかるけど、一人で『黒夜《ヘイイエ》』に乗り込むのは賛成しないなぁ」

「そ…そうそう。俺たちは、あくまで一般市民なんだぞ？　裏工作で陥れるにしたって、もう少し下準備が必要だし」

「『黒夜』なんて関係ないよ。僕は、これから炎龍にプロポーズをしようと思うんだ」

勇んでそこまで口にした途端、狼狽していた霧弥たちがピタリと動きを止める。

「今の……聞いたよね、尋弥？」

「確かに……聞いたよな、霧弥？」

空耳かもしれないと一抹《いちまつ》の希望を抱き、彼らは互いを見つめ合う。だが、相手の顔に「聞き間違いではない」と書いてあるのを見て、そのまま固まってしまった。

「急におかしなことを言い出して、本当にごめん。だけど、僕は本気なんだ。僕も炎龍も男だし、普通の恋じゃないのはわかっている。だけど……僕は、他の人と結婚なんかしたくない。まして、炎龍と義理の兄弟になるなんて考えたくもない。僕は……」

「失礼いたします。ご報告が遅れましたが、彗端様の行方《ゆくえ》がわかりました」

「眞行……」

セリフを途中で遮《さえぎ》って、眞行が忙《せわ》しなく部屋へ入ってくる。彼は足早に皆が揃っているソファまで近づくと、生真面目な様子で口を開いた。

「結論から申し上げますと、羅彗端様は今朝の飛行機でタヒチへ発《た》たれたとのことです。ご自分名義の財産を全て現金化され、フランス人の男性と……その……」

「どうした、早く先を言いなさい」

「おい、勿体《もったい》つけるなよ」

我に返った兄たちが、険しい表情で問い詰める。嫌な予感が彼らの胸に渦巻いているのは、その顔を見れば明らかだった。

「彗端様は……駆け落ちをなさった模様です」

「か……」

「駆け落ちだってっ？」

二人は蒼白になって立ち上がり、てんでに眞行へ食ってかかる。

「駆け落ちって、彼女には恋人がいたの？　この間の見合いも、そのせいで？」

「どういうことだっ。こちらの調べでは、そんな話は出ていなかったぞ。どうして……」

「わからなくて当然だ。この私が、万難を排して秘密を守ってやったんだからな」

突然、異質の声が紛れ込んできた。

その場が水を打ったように静まり返り、入ってきた人物に全員が注目する。

「炎龍……」

どうしてここに、と高揚する胸で呟き、光弥は眞行を振り返った。

「眞行……まさか、おまえが……？」

「私は、炎龍様をここまでご案内しただけです。私の携帯に連絡が入り、西願家の方はまだホテルに残っているかとお尋ねになったので」

「まったく、どういうつもりかなぁ」

「今更、詫《わ》びにでもきたのか？」

素早く態勢を立て直し、霧弥と尋弥が笑顔に毒を滲ませる。彼らが、本気で怒っている証拠だ。光弥は内心ハラハラしながら、とにかく事態を収めねば、と焦った。

「炎龍、どうして……」

「どうして、とは心外なことを言う」

光弥の質問を笑い飛ばし、炎龍は堂々と近づいてくる。白地に龍を刺繡《ししゅう》した、いつもより清廉《せいれん》な印象の長袍に身を包み、彼はいつもの癖のある微笑を唇へ刻んだ。

「――光弥」

「な……何？」

「今日の相手は私だ。羅家の人間として、おまえを貰《もら》い受けに来た」

「え……」

今、彼は何を言ったのだろうか。

右手を取られ、その甲に恭しく口づけられても、まだ光弥は状況がよくわからない。

「えっと……あの……炎龍？」

「おまえは、私に〝誓え〟と迫った。だが、残念ながらあの時の誓いを私は破らなくてはならない。何故なら、おまえを一ヶ月で解放してやるわけにはいかなくなったからだ」

「あ……あの、でも、それって……妹さんが駆け落ちしたからじゃ……」

「言っただろう。妹は、初めから見合いなどする気はなかった、と。だが、独裁者の父がそんな勝手を許すはずがない。私は彼女から相談を受け、日本で見合いをするという口実の下に駆け落ちの準備と時間稼ぎをしてやったんだ」

「う……そ……」

衝撃的な事実を知らされ、光弥だけでなく兄たちまでが啞然《あぜん》とする。

「それなら……初めから僕を……西願家を騙《だま》していたのかよ？　わざわざ見合い話まで持ち出して、僕たちを……」

「ああ。この世でたった一人の妹の願いだ。なんとしても、叶《かな》えてやりたかった」

「それはわかるけど、でも……っ……」

お陰でさんざん振り回された、こちらの身にもなってほしい。怒りに燃えて詰め寄ろうとしたら、いきなり炎龍に抱き上げられた。

「なっ、何するんだよっ！」

「皆の前で、つらつら説明するのは面倒だ。光弥、この一週間私に会いたかったか？」

「…………」

「その沈黙は、肯定だな。それなら、話は簡単だ。霧弥、尋弥。光弥は貰っていくぞ」

「じょ、冗談じゃないっ！」

炎龍の独断に霧弥が血相を変え、尋弥が「なんとかしろ！」と眞行へ怒鳴りつける。

だが、恋する二人を止めるのは容易なことではないと、誰もがよくわかっていた。五分も過ぎる頃には疲労感たっぷりの顔を隠しもせず、二人ともソファへぐったりと座り込む。

「……君にはやられたよ、炎龍。少々、見くびりすぎていたようだ」

「くそっ。ビジネスはどうする？　俺たちのバックアップなしで、やっていけるとでも？」

「もちろん、ビジネスは続けるつもりだ。裏も——表もな」

兄たちの言葉を受け、炎龍は冷静に答える。

「『幻《ファン》』のことは案ずるな。そのために、この一週間かかりきりになっていたんだ。今朝方、めでたく『黒夜』が吸収した」

「なんだって……？」

「だが、西願家の力は変わらず魅力的だ。だからこそ、妹の代わりに私がきた。どうだ、悪い取引ではないだろう？」

「たった……一週間で『幻』を……」

それきり、長い沈黙が訪れた。

光弥には話の流れがよく摑めなかったが、とりあえず今の体勢からは解放してほしい。小声で「そろそろ下ろせよ」と頼んだが、笑って「ダメだ」と却下されてしまった。

「言っておくけどね、炎龍」

ようやく気を取り直し、いくぶん落ち着いた声音で霧弥が言う。

「光弥は、箱入りなんだからね。この子が嫌がることは、絶対にしないで欲しいな」

「男だってだけでも許し難いのに、おまえが相手じゃ命が幾つあったって足りやしない」

「……驚いたな。おまえたちの口から、そんな情に溢れたセリフを聞くとは」

正直な感想を漏らし、炎龍は意地悪く彼らを見下ろす。その腕に光弥を抱いている以上、二人が強気に出られないのを見越している目だった。

「では、とりあえず譲歩案だ。今日一日、光弥を借りるということで手を打とう。私の手元に留まるかどうかは、その後で本人に決めさせればいい」

「何が、〝とりあえず〟だよ」

「見え透いたことを。炎龍、おまえは知っているんだろう。光弥が、見合いを蹴《け》っておまえの元へ走ろうとしたことを」

兄たちの嘆きを聞いて、改めて光弥は顔を赤らめる。だが、炎龍は少しも動じず、興味深そうにこちらへ視線を移した。

「本当か？　やはり、おまえは面白い奴だな」

「や、それは……その……」

「対《つい》の兄君も、そろそろお疲れのようだ。では、私たちも行くとしよう」

「ちょ、ちょょっと……っ」

有無を言わさず歩き出す彼に、もはや誰も止める言葉を思いつかない。

それでも、おとなしく引き下がるのは我慢ならないのか、尋弥がこちらを見上げて「ちゃんと返せよ！」と釘《くぎ》を刺してきた。

「光弥様、明朝にはお迎えにあがります」

「し、眞行……でも……っ」

両手が塞がっている炎龍のため、眞行がドアを開けながら口を開く。

「炎龍様と生きていくのは、並大抵のことではありません。良い機会ですから、今晩じっくりと考えてみてはどうでしょうか」

「今晩じっくり……」

「私が『黒夜』で炎龍様の側近を務めていた頃、今のように笑うあの方など見たことがありませんでした。どんな美女をはべらせようと、その目に熱が宿る時は一度もなかった。私から言わせていただくなら、今この場にいる炎龍様はまったくの別人です」

「………」

それでも、まだ頭の整理がつかず困惑する光弥へ、彼はふっと微笑を濃くした。

「貴方も、どうか笑ってください。私は、光弥様の笑顔のためならなんでもします」

「眞行……」

「とんだ伏兵だ」

眞行の熱烈な一言に、炎龍が苦い笑みを漏らす。

そうして、光弥は見合いの席上から、悠々と攫《さら》われていったのだった。

「……行っちゃったね」

ポツリ、と呟いた霧弥のセリフに、尋弥が深々と溜め息で答えた。

「おい、光弥を嫁に出したみたいな言い方するなよ。あ、嫁じゃなくて婿になるのか。え、でも炎龍も嫁って柄じゃないから……」

「男二人なんだよ？　婿も嫁もあるもんか」

不毛な独り言をイライラしたように遮ると、霧弥はちらりと双子の弟を見る。

その表情にはすでに新しい企みが生まれつつあることを、分身の尋弥は見逃さなかった。彼はおもむろに顔を上げ、すぐ傍らに控える眞行へ声をかける。

「眞行、ルームサービスでワインを注文してくれ。駆け落ちの令嬢に敬意を表して、フランス産の赤を。七〇年物なら、銘柄は任せる」

「かしこまりました」

「どうしたのかな、尋弥。いきなり立ち直っちゃった？」

「よく言うぜ。次の手はどうするんだ？」

「次の手……ね」

霧弥が思わせぶりにくすりと笑い、「これで、僕たちの身内に香港最大のマフィアが加わったわけだよね」とうそぶいた。

「当初の予定とは大幅に変わったけど、籍を入れるかどうかは大した問題じゃないし」

「まぁな。『黒夜』のボス、アレックス・ローのアキレス腱《けん》は、俺たちの最愛の弟だ。これを活《い》かさない手は……」

「ないよねぇ、もちろん」

注文を終えた眞行が戻るのを待ち、二人は楽しげに「そうだろう、眞行?」と声を揃える。

「私は、いつでも光弥様のお側に」

「…………」

「それが、私の務めです。いよいよ危険という場合は、炎龍様を殺《あや》めてでも光弥様の身の安全を確保いたします。どうぞ、ご安心を」

うんうん、と頼もしい言葉に満足し、霧弥と尋弥は顔を見合わせる。

「それまでは、光弥にいろいろと教えておかなければね、尋弥」

「ああ。色事でも百戦錬磨と噂《うわさ》の炎龍を、めろめろにし続けてもらわないと」

光弥様はそのままで充分です、と眞行がさりげなく口を挟《はさ》んだところで、ルームサービスがチャイムを鳴らす。部屋に届けられた最高級のワインに霧弥たちは目を細め、遠慮する眞行にまで無理やりグラスを持たせた。

「では――西願家の前途に乾杯」

霧弥の音頭で一同はグラスを高くかかげる。

そうして、まるで嵐《あらし》のようだった午後を彼らは美味《うま》そうに飲み干した。

宵闇《よいやみ》の中、足元で眠るリュウトの背中を撫でながら光弥は尋ねる。

「一体、いつから僕に興味を持っていたんだよ？　妹の代わりに名乗りを上げるなんて、常識で考えたらありえないことじゃないか」

「常識など、私にはどうでもいい」

老執事が東屋へ運んできた〝東方美人《とうほうびじん》〟を飲みながら、炎龍は澄まして言った。

「大切なのは、私がおまえを気に入ったという事実だ。リュウトも懐いていることだし」

「またリュウトか……」

「褒めたのに、何を怒っている？」

平然と言い返され、拗《す》ねかけた気持ちがたちまち萎《な》えていく。この情緒欠陥男に、怒ったり文句をつけたりしても疲れるだけだ。光弥は浮かしかけた腰をガーデンチェアに戻し、渋々とお茶に口をつけた。

「いつからなんだ？」

（まったく……どこへ連れて行くのかと思えば）

今、自分たちは炎龍が剣舞を舞った東屋にいる。

ホテルからこの場所へ直行した炎龍は「光弥を貰う」と宣言した割には口説《くど》く気配もなく、のんびりと陽《ひ》が傾くまでこうして光弥をお茶に付き合わせていた。

「光弥、空を仰いでみろ」

「え？」

「ここから見る月が、屋敷では一番美しい」

「…………」

来い、と瞳で誘われて、光弥は観念して立ち上がる。何を考えているのか相変わらずさっぱり読めないが、彼が自分を求めているのだけは間違いなかった。

「人を犬みたいに呼びつけるな」

悔しいのでブツブツ文句を言っていたら、不意に右手を引っ張られる。そのまま炎龍の膝に座らせられ、光弥はますます狼狽した。

「あのな、僕をなんだと……」

「月が、完全に昇るまで待ってやる」

「え……？」

背後から優しく抱きしめられ、耳たぶが彼の囁きで湿っていく。

「待つって……何を……」

「誓いだ。月が出たら、私に誓え。おまえの意思で、私のものになると」

「炎龍……」

「そうしたら、私も誓ってやる。おまえのためだけに血を流す、と」

「僕の……ために……」

「不服とは言わせないぞ」

偉そうな物言いは変わらないが、それは初めて聞く炎龍の本音だった。

強制でも無理強いでもなく、彼は「待つ」と言っている。光弥自身の意思で、自分を選んでほしいと願っているのだ。

「確かに、初めは全てが計算だった」

「え……」

「見合いのことだ。たとえ妹が駆け落ちしても、おまえを手元に置けば西願家とのパイプ役にはなる。だから、どのみち私はおまえを手に入れるつもりでいた」

「………」

「だが……光弥、おまえが側にいると気分がいい」

そう言って、炎龍はこめかみにそっと口づける。

やがて愛撫はゆっくりと目尻《めじり》や頬へ移り、まるで上等な菓子でも味わうように柔らかなキスが飽きずに続けられた。

「世間知らずの子どもなど、一度や二度抱けばすぐに飽きる。だが、おまえは違う。いろいろな顔を持っている。それを、私は一つ残らず見てみたい。だから——私のものになれ」

「炎龍……」

光弥は唇を閉じ、力を抜いて炎龍に凭《もた》れかかる。

背中を預ける相手が彼であることが、この上もない幸福なのだと心の中で呟いた。

「僕が、貴方を選んだらどうするんだよ?」

胸の上で交差する指に、光弥は自分の指を絡めて尋ねてみる。

「だって、もう香港へ帰ってしまうんだろ?」

「すぐに戻ってくる。邪魔者がいなくなった今、私の〝ビジネス〟はここからが本番だ」

「邪魔者って、異母兄さんの? そういえば、『幻』を壊滅させたって……」

「おまえは、細かいことを気にするな」

「でも……」

「いずれ、時期が来たら話してやる。今夜は特別な夜だ。血の臭いは遠ざけておきたい」

そこまで言われたら、もう食い下がれない。

だが、光弥には薄々わかっていた。恐らく、炎龍が先延ばしにした話には自分を『普通』から切り離す要素が詰め込まれているのだ。

(だけど、僕はもう心を決めている。たとえ炎龍に幾つ別の名前があろうと、僕にとっての彼

は——ただの羅炎龍なんだから）

それに……と、安堵の思いで息をつく。

片付けた、と言うからには当分は炎龍が襲われることもなくなるだろう。とりあえず、今はそれだけで充分だ。

光弥はそっと笑みを漏らし、いずれは知るであろう真実を気長に待つことにした。

「なぁ、炎龍」

「なんだ？」

「僕のことを、気に入っているんだろう？」

「ああ」

短く答えた後、炎龍がうなじに軽く口づけてくる。

「おまえのどこが私を満足させるのか、一生かけて教えてやる。心にも、身体にもな」

「一生……？」

「足らないくらいだ」

「一生、か」

肌を甘く嚙まれ、快感の波に酔いながら、光弥は「悪くないかもな」と微笑んだ。

間もなく、葡萄《ぶどう》色の空に月が上る。

唇では、一生をかけた誓いの言葉が、今や遅しと劇的な出番を待っていた。

# あとがき

こんにちは、神奈木《かんなぎ》です。このたびは『月下の龍に誓え』を読んでくださって、どうもありがとうございました。雑誌掲載は２００７年の『小説キャラ』ですが、今回文庫化するにあたって全面的に改稿することにしまして、プロットも一から練り直しました。ですから、雑誌とは別物と思って読んでいただいても差し支えないかと思います。私も、これで心残りが一つ解消された気持ち。ようやく、光弥や炎龍を満足いく形で動かせてあげられた気がしています。

光弥はともかく、炎龍というキャラに関してはなかなか難しいものがありました。とにかく甘いことを言ってくれないので、どうやってラブな二人にしようかと。本人、育ちにかなり問題があり、そのため情緒面が未発達なのでは、と思われますが、光弥は対照的に兄たちに溺愛《できあい》され、可愛がられて育ってきましたので、まさに水と油。けれど、自分にないものを求めるのは人の常なのか、なんとかまとまってくれたようです。この後、月日を経ていくにつれ、どんどん光弥は炎龍を転がすのが上手くなっていくでしょう。そんな二人の様子に眞行は安堵しつつも淋《さび》しさを覚え、霧弥と尋弥は焼きもちを焼きまくるに違いない。いろいろ想像していると楽しそうですが、後の妄想はひとまず読者さまへ委《ゆだ》ねたいと思います。

イラストを担当してくださった円屋榎英《まるやかえ》さま。担当さまと私で「中華で美丈夫といえば！」

と電話口で熱く語り合ってしまったくらい、チャイナ服の炎龍が（正確には、炎龍も）麗《うるわ》しくてうっとりです。円屋さまの華やかな絵柄に助けられ、少しは小説の世界観も華麗になってくれたかな、と姑息《こそく》に期待してしまう私ですが、キャララフから美しくてドキドキものでした。本当に、どうもありがとうございます！　フェロモン出まくりな炎龍に、深窓の令息で初々しい光弥のツーショットは、きっと読者の方々へも夢を見せてくれたことと思います。

担当さまも、相変わらず試行錯誤をくり返してばかりな私へ根気よくお付き合いくださり、ありがとうございました。これからも、よろしくお願いいたします。

一つだけ心残りといえば、「炎龍は、まだ光弥のために命を張ってないよなぁ」ということです。やはり、それこそが乙女の夢。おまえ、利用してるだけでいいんか、と作者の私が突っ込みたくなりますが、そうそう簡単に甘い顔を見せる男ではなさそうです。でも、光弥へ掠《かす》り傷でもつけようものなら、きっと相手は半殺しの目に遭いそう（笑）。そうして、光弥に「加減をしろよ！」と思いっきり叱《しか》られていそう。そんな形のバカップル（予定）な二人です。

ではでは、今回はこんなところで。

また、次の機会にお会いいたしましょう――。

神奈木　智

http://blog.40winks-sk.net/（ブログ）

この本を読んでのご意見、ご感想を編集部までお寄せください。

《あて先》〒105－8055　東京都港区芝大門2－2－1　徳間書店　キャラ編集部気付

「月下の龍に誓え」係

■初出一覧




2010年5月31日　初刷

著　者　神奈木智

発行者　吉田勝彦

発行所　株式会社徳間書店
〒105-8055　東京都港区芝大門2-2-1
電話048-451-5960(販売部)
03-5403-4348(編集部)
振替00140-0-44392

Chara

月下の龍に誓え……【キャラ文庫】

印刷・製本　図書印刷株式会社

カバー・口絵　近代美術株式会社

デザイン　百足屋ユウコ・海老原秀幸





ISBN978-4-19-900569-5

# 好評発売中

## 神奈木智の本

## 「愛も恋も友情も。」

イラスト◆香坂あきほ

小学校教師の早瀬《はやせ》優輝《ひろてる》は、失恋続き。フラれるたびに、親友の美容師・高野《たかの》雪久《ゆきひさ》に神業のシャンプーで慰めてもらうのが日課だ。そんな優輝にある日、恋人候補が現れた!! 教え子の父兄で翻訳家の藤森《ふじもり》京《けい》は、理知的な美貌の大人の男。理想のタイプに口説かれて、初めは浮かれていた優輝。けれど、雪久との時間が減るにつれ、喜びより淋しさを感じてしまう。その上、京もなぜか雪久を敵対視して!?

# 好評発売中

## 神奈木智の本

## 【オーナーシェフの内緒の道楽】

イラスト◆新藤まゆり

このまま一緒に暮らしていたら、いつか気持ちがバレてしまう——。大学生の旬《しゅん》の片想いの相手は、同居人で保護者のイタリアンシェフ・秋《あき》葉《ば》亮《りょう》二《じ》。両親亡き後、旬を引き取り育ててくれた恩人だ。自信家でスキンシップ過剰な亮二は、まるで旬の想いを煽るように触れてくる。いっそ告白したいけど、家族の絆を失うのも怖い……。密かに一喜一憂する旬は、ある日、亮二の結婚話を聞いてしまい!?

# 好評発売中

## 神奈木智の本

## 【御所泉家の優雅なたしなみ】

イラスト◆円屋榎英

天涯孤独な身の上から一転、由緒正しい名門・御所泉《ごしょいずみ》家の遺産相続人に指名されてしまった晶《あきら》。その次期当主になる条件は、三ヶ月後に控えた一族お披露目の式までに、完璧な紳士になること——。そんな晶の教育係に指名されたのは、容姿・才能いずれも劣らぬ名家の嫡男の三人。同時にそれは、晶の後見人選びも兼ねていて…!?　見習い王子様と三人の騎士《ナイト》のスリリングLOVE♥

# 好評発売中

## 神奈木智の本

## 【その指だけが知っている】

シリーズ全5巻

イラスト◆小田切ほたる

高校二年生の渉《わたる》の学校では、ただいま指輪が大流行中。特に、恋人用のペアリングは一番のステイタス。ところがなんと、渉の愛用の指輪が、学園一の優等生とお揃いだった!?　指輪の取り違えをきっかけに、渉は彼・架月裕壱《かづきゆういち》と急接近!!　頭脳明晰で人望も厚く、凛とした涼やかな美貌――と三拍子揃った男前は、実は噂と正反対。口は悪いし、意地悪だし、なぜか渉には冷たくて…!?

# 好評発売中

## 神奈木智の本【ダイヤモンドの条件】

シリーズ全3巻

イラスト◆須賀邦彦

壊したカメラの代償は、オレのカラダ!?　高校二年生の樹人《たつと》の放課後は、新進気鋭のカメラマン・荒木瑛介《あらきようすけ》と出会って激変!!「金の代わりに雑用係をしろ」と強引に迫られ、無愛想な荒木の元で無理やりバイトをするハメに…。そんなある日、突然スタジオに呼ばれた樹人は、「今日はおまえを撮るぞ」とモデルに大抜擢されて!?　平凡な高校生が鮮やかに花開く、サクセスLOVE♥